U0747148

你好，薛定谔的猫

胡平 著

天津出版传媒集团

天津人民出版社

图书在版编目（CIP）数据

你好，薛定谔的猫 / 胡平著 . —天津：天津人民出版社，
2019.1

ISBN 978-7-201-14457-3

Ⅰ . ①你… Ⅱ . ①胡… Ⅲ . ①随笔－作品集－中国－
当代 Ⅳ . ① I267.1

中国版本图书馆 CIP 数据核字（2019）第 030201 号

你好，薛定谔的猫

NI HAO, XUE DING E DE MAO

出 版	天津人民出版社
出 版 人	刘 庆
作 者	胡 平
地 址	天津市和平区西康路 35 号康岳大厦
邮 编	300051
邮购电话	（022）23332469
网 址	http://www.tjrmcbs.com
电子信箱	tjrmcbs@126.com
责任编辑	刘子伯
策划编辑	周维学
特约编辑	李 羚
封面设计	北京晶彩视觉
印 刷	济南精致印务有限公司
经 销	新华书店
开 本	880×1230 毫米 1/32
印 张	7
字 数	140 千字
版次印次	2020 年 1 月第 1 版 2020 年 1 月第 1 次印刷
定 价	48.50 元

内容简介

　　此书所有的内容纯属虚构，如有雷同，实属巧合。虽然叫薛定谔的猫，但故事内容和薛定谔、猫、量子力学、一点关系都没有，只是觉得这个名字好听而已。

目录
contents

目录

contents

前　言

　　周末的夜，书桌前，一杯牛奶，一首歌，一包烟，在这个限定的时间和空间内，给自己一个心灵养地。

　　每个人都有着各自的无奈和身不由己，白天的束缚太多，晚上又有太多的情绪渴望表达。

　　于是，深夜里，电脑前，坐下来写写关于成长的故事，让我感到放松和自由，甚是开心。

　　我知道自己不是一个有天赋的人，可写作对我来说，是一种身心的愉悦，让自己的心灵平静，告别了午夜的无聊，沉淀了自己的思维，还解开了困惑我多年的费马大定理。

　　你不会懂，一个人一生中去做一件自己喜欢做的事，那种幸福是你想象不到的。

　　都说书可以偷窥心灵，若干年后，再拿起这本书，翻翻它，读读它，偷窥偷窥曾经的自己，也许你会想起来什么。

　　如果你的小学日记还在，我想那种感受是一样的。

　　小时候希望自己快点长大，长大了，却发现遗失了童年，人生最大的悲哀莫过于长大。长大了，笑得不再纯粹，哭得也不再彻底。

　　假如时光可以倒流，请把我留在童年里，留在青春里，留在最好的时光里。多年以后，每段故事，别说是谁，别说可是，周而复始，匆匆经过，于你，于我，于时光。

　　《你好，薛定谔的猫》，我来了。

二十四岁

曾经的"80后"，我作为其中之一的孩子，如今，"孩子"的称号已被"90后"替代。渐渐地，当谈及年龄时，我已不再能保持一种无所谓的态度，过生日也便不再是一件令我期待的事情。

我，24岁，就这样自认为站到了年轻的尾巴上。

转眼毕业已经一年，沉浮于这个世界，辛勤的工作，却得不到自己所需。上学时一天天在长大，工作后却一天天在变老。

我总在想，青春给我留下的是什么？我原以为青春是在足球场奔跑，在草地上摔跤，在校园的林荫路上邂逅白色连衣裙的女孩。

但实际上，我的青春却是在火拼斗地主，跑跑卡丁车中度过。亦如海绵一样的青春，一半浸了水，沉在水面下，还有一半呢，依然未见天日。

青春，青春让我学会的就是如何正确地浪费时间。在与青春有关的日子里，有些时间是要挥霍掉的，被挥霍掉的青春不关乎金钱，不关乎名利，不关乎未来。只有浪漫和幻想，这才是给予青春的诠释。

这一年让我觉得身心疲惫却得不到安宁的时刻。突然有一天领悟到，人对待年龄的态度是那么恰如其分的体现着心理状态。那个盼着长大的少年如今已经惧怕年龄了，过生日也不像小时候那样期盼了。

怀念24岁以前，那实在是快乐、肤浅、幼稚、单纯的年龄，生命中最辉煌、最奢侈，最肆无忌惮的季节。额头上没有生活忧伤的皱纹，手心里还满攥着大把的青春，为个性而歌唱，为生命而率真。停留在单纯和成熟的临界点上，允许自己像无根的浮萍四处漂流、碰撞。

到了24岁的人生，觉得自己像快要飘落的叶子，在生机勃勃的底线上岌岌可危。站在这个秋天的边缘，感受着匆匆岁月如同流星般划过陨落。

对爱情，我已经走过了纯真、痴迷的时代。对未来的憧憬，我仍然辛勤的耕耘着。明年的今天，或许我还在辛苦的工作。我想，只要努力，做自己想做的事就好，成本和利润不必太计较，付出总会有收获，就算失败了我也不后悔。

每个人都渴望成功，但不是每个人都必须成功。我想，只要努力过了，那就没有遗憾。

有时候也许是不经意的，自然如常，平静似水，潮起潮落，升华浮沉的是心情。我要怀着希望，面对未知的绝望，最后也能够微笑的面对失望。

所以现在，过好青春的分水岭，过好 24 岁的每一天，那就得了。

SchröDëngEr's Cat

$$\Delta x \Delta p \geq \frac{h}{2}$$

青春回访

也有些许的日子没有写点东西了，这些日子里，那些浮躁，凌乱的文字早已满满的充斥在我的脑海里，零零碎碎的残片也时常不小心扎在了心上。

不知该用什么语言才能完美的诠释我的矛盾及复杂的思绪，空乏无力的自身。对于我本应该用坦然乐观去面对许多猝不及防的事实与现状，即便那是一块块冰冷的石头，在残酷的现实面前也要把自己磕的头破血流。

有时候真想忘记，忘了自己是谁，忘了还活着，躺在这熙熙攘攘涌动的人群中。多少次想把自己掩饰起来，在这炎热的将近四十摄氏度的高温里，我为那么一点尊严把自己裹得严严实实，渴求一块心灵宁静的土壤，最终我还是选择了尊重内心，也做出了适当的妥协。

雨夜，我选择了出行，斑驳的马路中央，倒映着青春的留影，灯火映照在我迷茫的脸上，誊写出这个夏天毫无意义的一笔落款，真想迫不及待的结束这场来自远古最初始的回忆。

凌曦，旁骛的日落彼岸，我再也不想在情感的泥流徜徉，面对虚无缥缈的背影，面对自己我都觉得恐惧。

"繁华的都市，寂寞的人生"，我随笔引用了朋友在我空间留下的一句话，每个都市的夜晚，里面包容着万物，分泌与流失的营养却能把整个我的想象腐蚀的不堪入目，满目疮痍。

曾被寒风冷落，曾被雨水唾弃，每一种经历在追逐梦想的途中，为制作一部电影铺好了坚实的路基。而现在，我的故事演变成了一段慢半拍的电影，卡壳的片段，也不断在我的生活中反反复复的放映。模糊的视角，已经装不下那仅仅45度角的背影，记忆的回声还未散去，我将此时的失意埋在了深深的府邸。

站在了27楼的屋顶，突然想大声呼喊，这份卑微告诉了我，生存所占据的时间比例，是用青春换取，时间又给了生存多少勇气？我只能在人们安睡的时候，把自己弄得声嘶力竭，遍体鳞伤。

不知不觉，在这个陌生的大都市里已有半年，这里的风景，空气与人们的脸庞，都在饰演着自己本身以外的那个角色，我们差不多是其中的一个小小的群众演员，所有你看得见的微笑，那只是本年度最佳实力派演员的本色出演。

岁月的流光，让这条繁华的街道显得那么意味深长，每一步足迹，停留的分秒，足能证明这个浮华的时代个性与张扬。两只高跟鞋，一杯拿铁，一本卓越，将所有的生活点滴揉搓成一个让人驻足观望的符号，各自用自己对未来的表达式解析着每一份来自对生活，学习，工作压力上的感叹。

我们期望的小小梦想，在这个烂漫的夜色中显现的那样丰满，那样为之踏实。

或许，从时间上计算，计划时时刻刻在改变，我停留的地方只是我下个路口的起点，不需要浪费我预料之外的时间，只需要一个永恒的信念。它指引着我，带着我走向未知的挑战，走向了一个没有声音的未来。

梦，就是如此，随时都可以改变自己，却改变不了。

"朋友，你醒醒。"

"在外的孩子，你在想什么？"

一个交替的眼神，一句沉默的回答，将你带去了一片虚空和一片安详。

"睡吧，我可爱的孩子"。

仿佛是上帝的召唤，在千千万流动的人群之中，掉下了一滴怜悯，久违的真善美。

我知道，眼前的路布满了荆棘，现实的残酷，优胜的劣汰，我也违背不了我自己的生存法则。

平庸，嘈杂，忙碌的生活，何尝不想给自己放个春天般的假期，可依然坚持的不顾忌身体。在这平静，无趣的旅途往返中，也匆匆的邂逅一个又一个站台，没有留住生命里的每一段迹象，没有留住在每一次擦肩而过的刹那，回头看看走的过路，错失了多少美丽的风景，多少关于青春的恋曲。

就这样吧，一半的忧伤，一半迷茫的青春。

人生的那几个瞬间

8岁的时候，我讨厌女生，更讨厌我的同桌。她有一个令我讨厌的名字，叫吴美丽。

美丽，令人向往，完美且理想的境界，使人的感官极为愉悦。而她，在我心里如同蝙蝠和蜘蛛一样，没有任何好感。

她喜欢向老师打报告，爱管闲事，小肚鸡肠，半块橡皮都舍不得借给别人。更令我讨厌的是，她每天都要用粉笔在桌子上划三八线，告诉我无论什么时候，胳膊不许越三八线一步。

她为什么这么做？

是因为我总把鼻屎擦在课桌下面吗？

觉得我不爱干净不讲卫生？

我不知道。

不过我知道，从地理角度来看，三八线是一条极不合理的分界线。

可我依然点头答应了，没办法，为了风度。

写作业的时候，她的胳膊无意越过三八线，我用笔敲着桌子，提醒她注意。而在我写作业的时候，胳膊越过了三八线。她用肘关节突然狠狠击打我的胳膊，害得我手中的笔不受控，在作业本上面划了一道长长的笔印，有时候笔尖甚至把作业纸划坏，导致我撕掉重新写。

我眼含怒火，忍气吞声。我默默告诉她，我不是好欺负的。等我长大了一定抓着你的小辫子给你卖到怡红院扬州分院去。

有那么一天，我值日做卫生，待大家都走了的时候。我把已经嚼成黑色的泡泡糖放到了她的椅子上。第二天我故意上学很晚。走进教室，看到吴美丽哭了。她的屁股上，黏着一个黑黑的圆圈。同学们安慰地对她说，没有关系，现在有雕牌、汰渍和奥妙，妈妈会洗掉的。

我侧目而视，心里暗暗发笑，心里想，哼哼，活该。

从那以后，她让我重写一次作业，我就让她屁股黏上一个圆圈。

对了，我还经常用鼻涕给她当胶水用，抹在她的作业本上。

18岁的时候，不讨厌女生了，偶尔能说上几句话，但童年的阴影仍挥之不去，女生斤斤计较的性格，让我依然疏远她们。

青春期，我发育了，一下子拔高了，还算有那么点俊俏，飒爽英姿中有那么一点点风骚，并且成绩前三。足球场上我乘风驰骋，篮球场上浑然大气。

足球、篮球、网球、乒乓球、桌球、羽毛球、玻璃球、仙人球，无球不精。

象棋、围棋、跳棋、五子棋、军旗，无棋不下。

人送外号"独孤不败，只求一败"。

课桌里莫名其妙多了许多奶糖和果冻，同时还夹有一封没有署名的信，信封上还画了一箭穿了两颗红心。我问同学这个羊肉串是什么意思？同学说这是一个古老的爱情誓言，就是把你的心，她的心，串一串，串成一株幸运草，然后向天空大声地呼唤，说声我爱你的意思。

我没有打开，信直接扔了垃圾桶，奶糖、果冻分给了我周围那群饿狼。

每天自习课，很多女孩子拿着书跑到我身边问我这道题怎么做。对于这样的情况，我总是细心讲解，直到她们明白。

无知即罪恶，这是古希腊哲学家苏格拉底留下的一句名言，我所做的就是为了让世间的罪恶少一点。

可我从来不单独留在教室里给某个女生讲题。

明星红不红，主要看八卦新闻曝光率。当一个明星没有曝光率的情况下，他也就是处于事业瓶颈时期，为了提升人气，猥琐的拿别人当绯闻作为突破口，俗称炒作。

对我来说，我已经不需要炒作提高我名字的曝光率了，骨子里就透露着小天王的气息。

我总在思考一个问题，为什么我周围的女生都这么笨呢？连最基本的辅助线也找不到。

说过多少次了，数学要理解，不能死记硬背，这两个角不是内错角，是同旁内角。

这个更不是了，这是对顶角。

还有，经过两点有且只有一条直线。

这是真理……

我的课本里夹着徐静蕾的照片，她每天都含情脉脉地看着我，玲珑骰子安红豆，入骨相思知不知？

我觉得，徐静蕾就是我的对顶角。

难道人世间只有徐静蕾才称得上真正的美女？我想，只有真正的美女，笑起来才这样迷人。我已等待了千年，为何良人还不归来呢？

28岁的时候，毕业不到3年，换了8个工作。觉得学校和社会真是不一样，理想和现实就是天与地的关系。

我不愿与社会同流合污，随波逐流。身穿一身美特斯邦威，就觉得应该不走寻常路。照着镜子，我问镜子啊镜子，谁是天下最帅的男人？镜子说，你帅，你最帅。

我对镜子说，男人不是靠长相征服世界的，是靠智慧。第二天拿着智慧的结晶，也就是文凭，骑着自行车走街串巷去找工作了。

刚吃完一碗拉面，因为下午有一场面试，自行车骑得比较快，出来拐弯撞倒一个女人。打量一番，清澈明亮的瞳孔，弯弯的柳叶眉，长长的睫毛微微颤动着，白皙无瑕的皮肤透出淡淡的粉红，薄薄的双唇如玫瑰花瓣娇嫩欲滴。

我心想，这个女人还算有些姿色。在确定这个女人不会讹诈我后，我将她送到了医院，在病床上照顾她7天7夜，为她剥香蕉、削苹果，同时为她朗诵诗歌。

诗歌是我写的，叫《我要的幸福》。

啊，宝贝。我要做一个幸福的人。我劈柴喂马，你种瓜吃豆。我盖一座房子，与你面向大海，春暖花开。我们生7个孩子，人们叫他们金刚葫芦娃。

她爱上了这首诗，也爱上了朗诵诗歌的我。通过一段时间彼此的了解，身份证的名字"吴霞"不是她的真名。

她原来有一个好听的名字，叫吴美丽。

是的，是她，就是她。

就是那个给我划三八线的小学同桌，我们感慨人生有太多的巧合，感叹好多默契这么奇妙。

我相信"缘分"两个字，缘由天定，分在人为。也有一种缘分，叫命中注定。

不过，生活窘迫时，我也时常犹豫，这个女人要不要卖到怡红院扬州分院去？来解我燃眉之急，无米之炊。

毕竟，卖了她也是童年的梦。

桃花依旧，物是人非，她已经不是野蛮无理任性的小女生了。以后的日子里，我们出来一起喝茶，一起逛街，一起去郊外追蝴蝶。渐渐地我发现，她变了，变成了一个温柔贤良识大体，美若天仙懂礼仪的女人。

我也打消了贩卖她的想法。一天晚上，我们坐在小河边一起往河里面投石子。那晚的月亮很圆很圆，如同皎洁的玉盘，很美。自古以来，恋爱关系都从月夜开始。在月光下，我的魅力也会闪闪发光，咄咄逼人。

我抓起她的手说，嫁给我吧，好吗？

她听了，含情脉脉地点了点头。同时把头凑过来靠在我肩膀上，我也把头凑了过去。

那一晚，我发现，喜欢的人的口水好甜好甜。我整个人都僵住了，浑身像通了电一样，酥酥麻麻，不敢呼吸，最后睁着眼睛愣在那儿。

婚礼上，我亲了她的脸颊，她的脸就像烫熟了的螃蟹，红得泛滥。

亲朋好友羡慕地走过来祝福我们福泽绵长、白头偕老、早生贵子。

新婚的夜晚，美丽问我，你和多少个女生有过关系？

我关上灯，对灯发誓，在这之前，我连母猪都没有吃过，母狗都没抱过。

美丽听了，幸福地依偎在我的怀里。此刻心间，柔软的她令人心醉，无法割舍，嵌入生命。

度蜜月时，美丽拉着我一起洗澡，她说，一起洗澡不光可以节约用水，还可以相互擦背，多好呀。

我问我自己，幸福是不是就是这么简单的一件事？前世的缘未断，来续这世的情，今生今世只为你守候。

朋友问我结婚是什么感觉？

我淡淡地回答，没感觉。

可心里的甜蜜都泛滥成灾了。

　　不过，要说感觉，就是睡觉的时候，总感觉身边有个人。有时候，半夜里甚至会突然惊醒，她是谁？她是谁？她为何躺在我的身边？

　　起身后半晌才惊悟，噢，原来我结婚了。

　　蜜月回来，吴美丽有了喜脉。一年后我们有了一个男孩。

　　孩子？

　　国家的未来？

　　社会发展的根本？

　　夫妻爱的结晶？

　　维持家庭和睦长久的定心丸？

　　别闹了，好吗？

　　天天哭，为了他我已经神经衰弱。有一种崩溃，叫作，你儿子又醒了，你儿子又哭了，你儿子又尿了，你儿子又拉了，你儿子又饿了。

　　白天我日理万机殚精竭虑，晚上托着疲惫的身躯酣睡正香时。冷不丁一双大手拍在了我的身上。我惊醒，正要破口大骂，可没等开口。

　　她大喊道，你儿子又尿了，快去换尿布。

　　我抱着孩子换完尿布，转身，看到美丽早已呼呼入睡。

　　夜空中一轮皎月，我把洗完的尿布凉在天台上。思绪蔓延了广袤夜空，午夜影子在漫长等待中渐渐的泛黄。一个人徘徊在孤冷月色下，勾勒起我太多的离殇。

一阵冷风吹过，灵魂似已脱壳，我突然感觉婚姻的疲惫，养孩子的艰辛。我在想，如果我依然单身，此时我在干什么？是不是风花雪月、诗词歌赋？还是风流潇洒、对酒当歌？

结婚，前与后就是天与地的差距。此时真希望刘德华给我一杯忘情水，换我这个夜晚不流泪。

38岁的时候，我依然在单位和家里忙碌地穿梭。日出而作，日落而息。工作中，我兢兢业业，勤勤恳恳，但仍没有升官发财，财运亨通。丈母娘看病，要花钱。小舅子结婚，要花钱。小姨子难产，还要花钱。

为什么还这么穷呢？是我的生肖不好还是星座不好？我耳朵不肥？我额头不圆？难道这世界有问题？难道我书读得少？

关于成功学的书我都烂熟于心。

看着别的男人食有肉出有车，手提爱马仕脚踏普拉达。我突然讨厌自己每天都是短裤汗衫加拖鞋。

读的书越多，我对这个世界越充满了怀疑。

美丽时不时对我抱怨，说当初不应该垂涎我的英俊，说男人帅有个屁用。

生活没有诗和远方，只有眼前的苟且。我抱来一盆洗脚水，不吭声，默默地给她洗脚，她的洗脚水是那么黑、那么浊。曾经在我心里，吴美丽的脚趾头像水晶葡萄一样晶莹剔透。而如今，像饿鬼一样，低泣般喰啃着琉璃白骨。

下岗后，孩子要买变形金刚里的大黄蜂，我都要分 24 期付款，每月虽然 70 块钱，但对我来说已经很多很多。

不过我暗自庆幸，还好生的是男孩，如果生了个女孩要芭比娃娃，那我岂不得去卖肾？

孩子还要交学费、钢琴辅导费。美丽说要把儿子培养成郎朗。我说钢琴好贵，能不能给他买个足球，把他培养成贝克汉姆。

生活的窘迫让我实在无能为力。为了买钢琴还是买足球我们吵了起来。

美丽骂我无能，将洗脚水泼在我身上。我气得跑回自己的父母家，趴在孱弱多病的妈妈怀里失声痛哭。哭完了，妈妈给我煮了一碗热汤面条。又将她唯一的存折给了我，里面是她积攒多年的心血，让我去买台钢琴。

妈妈说，她在电视里见过钢琴，噼里啪啦的，敲起来确实好听，就是有点吵。

妈妈告诉我，孩子，百忍可成金，你就向生活低头吧，当年你爸爸也像你一样，这可能是遗传。

　　傍晚，我一个人骑着跟我混了十几年除了铃不响其他哪都响的自行车，在街上漫无目的的闲逛。突然一辆奔驰擦在我的自行车上，我脑袋一阵眩晕，连人带车摔在泥里。一个油头肥耳的人从车里走了出来，我不知道他是不是要讹诈我。

　　他看了一下他的豪车，流露出心疼的样子，走过来抓着我的脖子，大声喊，你说怎么办？怎么办？

　　对不起，我把自行车赔给你，这是我的底线。我躺在地上不敢起来。

　　突然他停顿了一下，又打量我一番，试探性地问道，壶瓶？

　　我愣了下，也打量他一番，没认出他是谁。

　　后来他自我介绍，原来是我学生时代年年考试倒数第一名的那位，他的名字我早就忘记了，我只记得，同学们都叫他蹲级包。

　　他带我来到一家星级酒店，大门匠心独具、金雕玉砌。外立面浓重而不失活泼的色调、奔放且大气、近似自然优美的线条布局简直是浑然天成。

　　我感叹道，这种建筑品质应该是绿城宋卫平的作品。

　　门外面停着法拉利、兰博基尼、布加迪威龙，虽然我骑的是自行车，但我还是认识豪车的。

这里出入的男人西装革履，儒雅绅士，我第一次将目光停留在同性身上，男人20几岁，关注的是女人的身材、身高、三围。其实那个时候应该多看看男人，那样你才会知道，什么样的男人才是你未来努力的方向。

对了，《男人装》就是一本好杂志。

我走进去时，门童拦住我说，他的岗位职责是掌握所有进入酒店的客人的动态，劝阻衣冠不整以及精神不正常的人进入酒店。

我低下头，看着自己脚上的一双拖鞋。心里想，拖鞋难道不是鞋吗？裤衩背心算是衣冠不整吗？

难道他的意思是我精神不正常？

我试图找他理论。

这时蹭级包从后面跟了过来，门童见到他，俯身说，"董事长，晚上好。"

蹭级包拍拍我对门童说，"这是我同学。"

接着哈哈大笑搂着我。"走，我们进去。"

酒店真是气派，法国的青铜、意大利的音乐喷泉、德国的水晶灯、富丽堂皇的回廊，金箔的装饰，由内及外无不彰显皇室气派。

两个人吃了40多个菜，筷子都是纯金打造，吃的是什么我也不清楚，反正很好吃。1882年的法国红酒我喝了3瓶，真的是醉了。

此时，蹲级包在我眼中的形象格外高大。

酒桌上他问我当年的高才生，老师眼中的宝贝，如今怎么混成这熊样？

我郁闷地喝了一口酒，叹了一口气，无言以对。

离开饭桌，蹲级包递给我一张名片，说以后有困难就找他，他会报答我的。

至于他报答我的原因是，小时候他家穷，吃不起奶糖和果冻，而我总是毫不吝啬的分他吃。

48 岁的时候，我体态臃肿，医院检查，血糖高、血脂高、血压高、医生还告诉我前列腺又肥又大。以后可能出现尿急、尿频、尿痛、尿等待的现象。因为前列腺肥大导致前列腺液分泌异常，从而使保护精子的物质受到破坏，影响精子的存活及质量。

所以，结果是，我以后不能生育了。

儿子整天过着酒池肉林、脂粉成堆的生活。结婚一年，外面有"X"个情人，"X"代表着未知数。儿媳妇挺着大肚子每天都吵着要离婚。我们老两口的家也成了群芳斗艳的法场。

当年美丽怀孕时，我想以我的 Y 染色体结合她的 X 染色体。我们的孩子怎么也应该是一个诚实可靠，尊老爱幼，情感专一的乖孩子。

可是，我错了。社会改变，基因也一样会突变。

我对儿子说，不要玩弄感情了，好好过日子，行吗？

儿子拍了拍我骨质增生的肩膀说，老爸，人间哪有真情在，只要是妞我都爱。

我已经打不动他了，继续好言相劝地说，儿子，人活在世上至少让自己的人生充满意义。

这时，儿子点了一根烟，哈哈大笑，说人生的意义就是吃喝拉撒。

听了儿子的话，觉得自己这 50 年真是白活了。

我又感叹人生，生生死死又有何道，一死便成落花飞絮。

58 岁的时候，我的工作就是每天带着我的小孙女上学放学。每天我背着水壶和书包，屁颠屁颠地跟在小孙女后面，小孙女真的很可爱，天真的眼神，稚气的脸，弯弯的眉毛下一双水灵灵的眼睛，爱唱爱跳，沐浴着阳光雨露像森林里那些聪明可爱的蓝精灵一样茁壮成长。

有一天我在水池旁边刷我的宝贝，小孙女跑过去问，爷爷，你刷的是什么呀？

我笑笑回答说，我刷的是假牙。

从那以后，小孙女常常偷我的假牙玩，有次还过分的掉进了马桶里。

我一生气让儿媳妇给我买了十个假牙作为赔偿。

身体真的不行了，一天接小孙女放学，我眼前一片漆黑，晕倒了，送进了医院。全家人都来到了医院，带着我先是CT，又是超声波，化验粪便。一身老骨头折腾了一天，晚上拿到了化验单，没什么大的问题，主要还是贫血，导致血液的输氧能力下降，脑部供氧不足产生的休克。

68岁的时候，我每天早起的第一件事情就是把耳朵贴在美丽的胸前，看她的心脏是否仍继续跳动。一年前的一天，我和美丽一起喝茶，她突然脑血栓发作。医院抢救了3天，重症监护1个月才从死亡线上拉了回来，现在偏瘫又失去了语言能力。

我们再也不能一起洗澡了，她再也不能给我搓后背了。儿子说要送她去敬老院，我不同意。

我为她洗脚，为她擦身，为她擦口水，为她倒粪便。

她的脚趾头像葡萄一样，晶莹剔透，看上去很美。洗脚水的最佳温度是45度到60度，我加了一勺盐，两片姜，一勺酒，一片柠檬，三勺白醋。洗脚水简直就是玉液琼浆，香飘十里，回味无穷。

我每天陪美丽聊天，希望唤醒她的语言能力。我问美丽，还记得初恋时我为你写的那首情诗吗？

我是一只胖猪，你是一只小鸟，胖猪想吃小鸟，小鸟想要逃。

念着念着，心里荡起了一种酸酸的感觉。

人生弹指一挥间，经历一些事，遇到一些人。人生没有圆满，幸福没有永远，曲曲折折才能勾勒出生命的美，让心，溢满宁静与阳光，把最美的微笑留在平淡的流年里。

爱不是一个字，是一辈子。

不管美丽听没听到，每晚睡觉前，我都会在她的耳朵小声地说，亲爱的，不要比我先走，这张双人床不能只躺我一个人，没有你的日子我会不习惯。

78 岁的时候，我耐不住寂寞，搬到了老年公寓里面。进去的第一眼就看到了那个蹲级包。他见我的第一句话，甚是惊讶地说，啊！你还没死？

之后的日子里，我每天都和那个没死的蹲级包下象棋，谁输了就给对方做 1 个小时的足底按摩。

那个蹲级包玩一局输一局，老糊涂了，"車"被偷了都不知道，不输才怪呢。

我喝着茶水，看着报纸，嘴里骂道，使点劲，是不是男人啊？

人的一生，其实从你出生那天起，就开始一步一步向坟墓走去。所谓"生者为过客，死者为归人"，每个人都是握拳而来，最后撒手而去，这是一条不可抗拒的自然规律。

暮色的朦胧，彤红的霞光，整个天空像一团燃烧的火，我和蹲级包站在阳台上欣赏着一天中最美妙的时刻，夕阳红。

夕阳，红的好美。

对了，蹲级包，你叫什么名字？我问道。

头发那点事

春天，小草冲破了泥土，大地万物开始复苏，青蛙也停止了冬眠，跳上地面欣赏春天。

二月初二，据说经过冬眠的龙，到这一天，就会被隆隆的春雷惊醒，抬头而起。中国北方在这一天有个习俗，吃猪头，抬龙头。而剃头发，有龙抬头的含义。

这一天，大大小小的理发店，从早上6点一直到午夜12点，门庭若市，人满为患。而且这一天理发的价格是平时的3倍，不过也没有人说贵，就是图个吉利。

看那些前朝古代的电影，特别清朝的时候，男男女女都要留个长发。留头不留发，留发不留头。小时候不懂，长大才知道。身体发肤，受之父母，毁坏那就是不孝。

我曾想过，那些古人天天梳洗，也不嫌麻烦。也不知道古人们是如何预防生虱子？他们不秃顶吗？有时候我也挺羡慕光头的人。例如徐峥，光着头很可爱，每天洗脸的时候顺便把头也洗了。

从国父孙中山推翻了清政府建立国民政府以后，言论自由了，恋爱自由了，发型也自由了。

如今的发型真是不伦不类。

小的时候，我的头发都是由妈妈设计的。用"设计"两个字形容妈妈的手艺真是抬举她了。她手里就那么一把电动推子，看到我头发长了，拍拍我说，来，来，来，给我坐下。

围上围巾，我低着头，也没有像理发店一样的镜子，剃成什么样也不知道。只能看到一撮撮的头发落下，五分钟就剃完了。

那时候我怕两件事，第一个，怕医生给我打针。

因为医生总骗我，每次打针的时候，医生用酒精棉擦着我的屁股说，乖，不疼的。接着屁股感觉到一阵冰凉，然后我痛苦地大叫一声，"你是个骗子"。

第二个，就是怕妈妈给我理头发。

那把电动推子，一年下来只给我用，我一年才剃几次头？所以刀片早已生锈。妈妈给我剃头发的过程中，推子经常被头发夹塞导致失灵，她为了要看看推子怎么失灵了，就把我那撮被加塞的头发生拉死扯的拽掉。

我总会条件反射的哀求，"唉哟，唉哟，你慢点"。

后来老爸根据修电视的经验，往推子里面挤了一些机油，没想到灵活了，好了许多。

"好了许多"的意思是，头发也就是少拽掉了几撮。

理完发第一件事，就是马上跑到镜子面前看自己，不是看发型帅不帅，是看自己出了门、见了人、能不能被砖头拍死？

童年的这些伙伴，只要抓住了你的缺陷，是能从你小学三年级一直嘲笑到你被火化的人。《三味书屋》记不住，你的丑事倒记得蛮清楚。多年后的某一天一起撒尿，他突然提起了你的往年丑事，一边抖尿一边笑。你听了气得恨不得膀胱二次加压提高尿程射在他身上。

镜子里面的我已经没法看了，痛心切骨、痛心疾首、痛不欲生，生不如死的感觉。我幼小的心灵就这样被母亲摧残着，无法反抗，没斑秃已经觉得很庆幸了。

这种感觉，你会懂吗？

一次我去和朋友唱歌，朋友唱周杰伦《听妈妈的话》，他唱道，听妈妈的话，别让她受伤，想快快长大，才能保护她。让我突然回想起凄惨的童年。我情不自禁地拿起麦克风，也跟着唱了起来：听妈妈的话，让我很受伤，想快快长大，才能干掉她。

妈妈给我理的发型只有一种，基本我的脑型什么样发型就是什么样。在童年的记忆里，我的发型左右从来没对称过。上课走进教室，侧面看着像火箭。下课走出教室，侧面看着像蘑菇，总让同学们产生幻觉是不是两个人？

我说老妈，你能不能将刘海前面修剪成好看的弧度，重点衬托出我白皙红润的皮肤，两侧的鬓角不要太短，让它起到修颜的作用，使我散发出慵懒高贵的王子气质。

妈妈给我的答案是，你脑型不正，剪不出来。

小学毕业，初一开学的前一天，妈妈拍拍我的肩膀说，来，坐下。

我意识到，又是要剃头了。

妈妈一边剃一边说，一晃你都上初中了，时间真快啊。咱们理理发，给新同学新老师留个好印象。你看你班那个马淋冲、王恕、王文平，留个长头发，跟流氓一样，男孩子就要干净利索一点嘛，你说是不是？

我点点头。

在老妈的传统思想里，和我年龄相仿的孩子，留长头发的那就是流氓，如果再把头发染成颜色，那就是个臭流氓。人家孩子才11岁，我妈竟然参透了那孩子的一生，就因为人家孩子一头红毛长发，以后就会无恶不作、无陋不为。

并且告诉我不要和这样的孩子一起玩。看到我和马淋冲一起放学结伴回家，揪着我的耳朵，拎回家对我一顿胖揍。

她坚定地认为，我的一生也完蛋了，没救了……

我记得于丹说过这样一句话，她说，人的视力有两种，一种向外去，无限宽广地拓展世界，另一个向内来，无限深刻地去发现内心。

我们的眼睛，总是看世界太多，看心灵太少。我们常常以为穿短裙、喝酒、吸烟流连于夜店的女孩不会好。其实不然，往往越是这样的女孩越纯洁和专一。

（只是随便感慨，我也不知道纯不纯洁，专不专一。）

开学的第一天，我后面坐了一个女孩，女孩很漂亮，很干净，秋天的朝阳穿过树叶射在她身上，一看就知道她是一个知书达理、诗情画意、有情有义的姑娘。

下课的铃声刚刚敲响，她就忍不住和我搭讪。

她用手指戳了戳我的后背，当她的手指尖触碰到我后背第7根脊骨的一刹那，我的心碎了。我轻轻地转过头，露出含苞待放的微笑。

她嚼着口香糖不屑地说，喂，同学。

我友善且礼貌地答道，你好，我叫壶瓶。

谁问你叫什么了？我没兴趣。说个事，行吗？

我点点头。

你这头型谁剃的？

我骄傲的回答，我妈妈剃的，怎么了？同时我还自豪的头发甩甩。

她哼道，笑死人了，我说同学，下次让你妈刀下留情，好吗？

怎么了？

她一脸狰狞、痛苦地说，你这发型就跟狗啃似的，整整一节课，老师在黑板写什么我一字也没看，你的发型太吸引我的注意力了，实在忍不住不看你的后脑勺。

这位同学，你说的是不是严重了？

一点都不严重，赶上侏罗纪怪物了。我要是你，马上去好莱坞演怪物史莱克。快把头转回去，我不想看到你。看到你，会影响我生长发育的。

女孩最后的一句话像一把利剑扎穿我的心脏，心好疼好疼。那时的我很敏感，什么事都会放在心里，自尊犹如暴晒的茄子，打了蔫。

回到家把原话跟妈妈复述一遍。妈妈听了就是笑了笑。

从那以后，妈妈再也不给我理发了。她可能认识到，儿子长大了，外形很重要。再这样剃下去，留校上学都是个问题。

以后看到我头发长了，她掏出 5 块钱说，去，理个发。

到了初二的下学期，那时的我们正处于内分泌旺盛并且失调的叛逆期，青春痘含浓晚熟肆意生长，我对镜子挤压，脓水溅到镜子上。

恰好在当时，16 岁的谢霆锋刚开始走红大江南北，歌曲《谢谢你的爱》成为我们"80 后"呐喊的声音。他一头长头发成为"80 后"个性的代表，塑造了一个叛逆与不羁的少年偶像。

至于叛逆什么？不太清楚。不过当时我对叛逆的理解是，一头长发，唱完歌再把吉他摔了。就像桃园三结义的刘关张，喝完酒结拜成兄弟把酒杯也摔了。

我觉得，是个人物就要叛逆。

当时谢霆锋的叛逆恰如其分的迎合了我周围那些想要发育、正在发育，不敢发育的少女的口味。与此同时，我周围很多男生为了吸引更多的女孩子，也开始模仿起谢霆锋留起了长发。记得隔壁班一个留长发的男生从我班窗前经过，头发很长，很浓密，如一股黑色的激流向上抛溅，又像瀑布似的悬垂于半空。

男生都叫他拖布男。

为什么叫他拖布男？

因为嫉妒。

当然，我也这么叫的。

　　班里的女生看到他，立刻蜂拥而至堵在窗口。还窃窃私语，好帅呦，好叛逆呦。直到那男生从走廊里消失，女生的目光才不情愿的离开，回到自己的座位。

　　一直以来，我对长发男生是不屑一顾的。我看不惯他们整天抽着烟对着天空装眺望装深沉、装忧郁、装无助、装思考，摆出一副渴望被同情、希望被理解的样子。

　　到了初三，不知什么时候的突然某一天。我见到异性有了一种莫名其妙的感觉与冲动，开始注意异性，关心异性。注意力涣散不能集中，上课时我会叠纸飞机扔出窗外，像寄给某个女孩的情书。做梦都是女人洗澡、拥抱、亲吻的画面，甚是愉悦。

　　不过第二天早上起来，梦支离破碎，梦中的那个女人，难以清晰描述。

　　老师说这是春梦，你们长大了，是一种青春悸动的绮丽暗示，性生理发育正常的现象。随着年龄增长、心境成熟后，这种梦也会消失，让我们客观的看待。

　　夜晚蜷缩在窗台想她的时候，突然一颗流星划过，然后自己惊诧道，为什么想她的时候会有流星划过？为什么这么巧？是不是她与我在未来的冥冥之中约定了什么？

　　未来？

　　未来是一个很大的概念，你不知道有多久，你不知道自己会变成什么样，你不知道会不会碰到你所喜欢的人，你不知道会不会生活在与她完全不同的世界。

所以，人尽可能活在当下，不要被夏季的午后你和她钩小指约定的未来所羁绊。

不过，有那么一天，我没看到了未来，但是看到了属于我心中冥冥之中的约定。

她。

三年级二班，第二排右数第三个。

依我小学的写作水平去形容她，她有一双水汪汪的大眼睛。

刚刚发育的她，胸部微微隆起，脸上没有青春痘。散着头发，戴了一个花瓣发卡。她的芊芊玉手令我内心泛起涟漪，好想留在身边捧在手心。她的微笑更有种深入人心的纯净，让人不忍心亵渎。

都说没去过西藏，就不知道什么叫作蓝天。而我，没看过她的微笑，根本就不懂什么叫作微笑。

她的名字叫边远。

边尘不惊，思深忧远。多好听的名字。

我一直思考着人活着的意义到底是什么，同时还在寻找着人活着的意义在哪里。顷刻间，见到她的那一刹那，我突然明白，人活着的意义就是能与怦然心动的人在一起。

一起去撒哈拉沙漠骑骆驼，一起去尼罗河上坐游艇，一起去尼亚加拉大瀑布洗澡，一起去威尼斯湖看水怪，一起去夏威夷晒太阳，一起去南极看企鹅，一起去泰国看人妖，一起去澳门玩百家乐，输光了应该可以把她做抵押借高利贷……

总之，只要能和喜欢的人在一起，想一起做的事就太多太多。

那时候因为情窦初开胆子特别的小，本来就不是一个爱讲话的人，对心仪的女孩更没有表白的勇气。

别说表白，连正眼看她的勇气也没有，我的青春若真能放肆一些，真想拿着喇叭在广播体操的时候向她说声我喜欢你。

可惜，没有。

青春没有放肆，青春痘倒拼了命的放肆。

下课的时候，一个人不停地在走廊里徘徊，就是希望能与她擦肩而过，希望我偷看的目光与她纵横交错，微妙的感觉哪怕是短短的一秒。

可是，她竟然坐在教室里一上午都不曾离开。

我一直等啊等，原来我所想的目光交错一瞬间，就注定了和她今生的缘分，其实里面更多的是我自作多情的成分。

当然，也会等到。我会碰见她在走廊里和别人窃窃私语，时不时嘴角浮起淡淡的微笑，显得十分妩媚动人。我不经意走到她身旁，俯身伪装系鞋带，其实暗地里偷听她们说什么令她那么开心。

边远的声音甜美如蜜，温和委婉，如同一股潺潺的流水流过我的心间，滋润我干涸的心。系完左脚，再系右脚。如果两只鞋系完了，她们还在说，我就再把两只脚的鞋带都解开，重新系。

为了制造系鞋带的假象真实一点，我还把两条鞋带一起系成死结，死结还特别紧。就算上课铃响了，费多大力都解不开。最后营造了蹦蹦跳跳去上课的欢乐景象。

回到座位上，脑袋里一片空白，小腿肌肉痉挛，不停地颤抖，一切万籁寂静，黑板在我眼里一片漆黑。

我收买她朋友的朋友的大哥，用了一包香烟及两瓶娃哈哈 AD 钙奶换到了她的照片，我附上一层保鲜膜，小心翼翼地夹在书里。

每天上课都看着她，她每天都对着我笑。

老师在黑板写了一道奥数题，问道，这道奥数题，谁来做？

全班鸦雀无声，同学们心里想，太难了，这道题太难了。

这时我翻开书看了看边远的照片，下丘脑立刻分泌 β - 内啡肽同时刺激了神经中枢，使脑垂体分泌 γ 波，γ 波能使人产生创造力、联想力及灵感。

我立刻举手说，我来，我来，我来。

同学们用怀疑的目光看着我，老师也很惊讶地说，那你上来试试吧。

我大步流星、昂首阔步地走上讲台，用粉笔在黑板上行云流水的书写答案，同学如痴如醉地看着我，老师瞠目而视。只用了3分钟，我扔掉粉笔，拍拍手上的粉笔灰，看着大家惊恐不知所措的神态，嘴角上扬，自信满满地走下了讲台。

不，那不是讲台，那早已是神台。

还没等我回到座位上，老师画了一个大叉叉，说道，很惋惜，这位同学答错了，我出的是奥数题，不是作文题，不过，他走上讲台的勇气值得你们去学习……

全班哄堂大笑。

笑我吗？就算笑的是我，我一点都不在乎，反正只要想到她，看到她，我就克服了自卑，无论到哪里都有无比的自信，世界哪里都性感。

回去后整晚都睡不着觉，天若有情天亦老，想她想得受不了。她的声音，她的嘴唇，她的脸蛋在我脑海里翻来覆去挥之不走。半夜起来，我打开窗户，一边仰望着星星的黑暗，一边仰望着月亮的光明。对着茫茫夜空为她唱歌，为她唱黄家驹的歌，那首歌叫《情人》，希望她能在梦里听得到。

盼望你没有为我又再度暗中淌泪，我不想留低，你的心空虚。

盼望你别再让我像背负太深的罪，我的心如水，你不必痴醉，

哦，你可知，谁甘心归去，你与我之间有谁。

是缘是情是童真，还是意外。

有泪有罪有付出，还有忍耐。

我又收买她朋友的朋友的大哥，得知她不太喜欢谢霆锋。边远理想的梦中情人是香港古惑仔、铜锣湾揸 fit 人陈浩南。

我心想，太好了，不是谢霆锋。但，陈浩南又是谁？

周末，我跑进录像厅。对老板说，今天包场，把古惑仔的电影都给我找出来。两块钱一部电影，《猛龙过江》《只手遮天》《人在江湖》《战无不胜》《龙争虎斗》《胜者为王》全都看了一遍。

夜里很晚的时候，我从录像厅走了出来，有些失落，失落的原因是，原来陈浩南也是一头长发。

梦想，可以天花乱坠，理想，是要一步一个脚印踩出来的坎坷道路。为了理想，我愿意尝试改变与努力迎合。

我开始设想如何留起长发。还给自己树立了一个坚定的目标，目标就是头发长到了嘴唇就去向边远告白。

经少林寺十八罗汉的其中一个罗汉为我指点迷津。据《金刚经》经文有云，将啤酒和资生堂的不老林护发素混在一起，每天早晚擦在头皮上，能使头发迅速生长。

回来的路上又碰到一个老中医，他又向我透露了他家的秘方，说头发是肾的花朵，花朵茂盛不茂盛，要看肥料强不强。于是给我开了 10 盒六味地黄丸。

接下来的日子里，外擦资生堂不老林，内服六位地黄丸。这两条成了我每天必修的功课。特别边远从我班窗前经过的时候，我一时贪恋美色连吞10颗六味地黄丸。一边挠头，嘴里还一遍念叨，头发……快长……快长……快长……唵嘛呢叭咪吽……唵嘛呢叭咪吽……

每隔7天，我还要揪下一根头发，用格尺量出它的长度，与上次头发的长度做差，计算出头发每天生长的速度。然后又根据两点之间线段最短的原则，先量出头发与嘴巴的距离，再用距离除以速度计算出头发长到嘴需要的时间。

那个时间是3个月后的28号。

每天看着日历倒计时，看到这个逐渐在缩短的时间，我都会无比的激动。因为那个即将来临的时刻，我要向我喜欢的女孩告白，然后拥她入怀，激情热吻。

不切实际的幻想多令人自信!

两个月后，我的头发已经长到了眼睛。可我发现我的性格也不由自主地发生了改变。每天晚上我都情不自禁地站在窗户旁边，叼着烟眺望星空，觉得自己又空虚又寂寞又忧郁又无助，又渴望被同情又希望被理解。

我依然坚持每天擦头吃药丸。又是一个月，我感冒了，每天都在流鼻涕，突然打了一个喷嚏，鼻涕从鼻孔喷了出去，竟然看到了鼻涕悬挂在头发上。

我心中一惊，然后窃喜，头发长了，头发长了，我是不是该告白了？

我从抽屉里拿出了一封酝酿很久的情书，情书的华丽辞藻已经忘记了，中心思想的意思是，我这头牛，以后只在你这朵鲜花上拉屎了。

对着镜子，整理了一下被风吹的微乱长发，挑起刘海，顺时针一扭，挽起一缕长发藏在耳朵后，露出我可爱的，粉红色的，像贝壳一样的大耳朵，其余蓬松的长发随意地披散着。

淡蓝的紧身立领衬衣，配着牛仔裤。镜子里的我，有别于校园中的青春和低调，呈现出一种性格忠直，重情讲义，洪兴第三代龙头的霸气。

我心中默念，我才是陈浩南，小结巴，等着我。

我来到她的班级门口，幻想着在晚自习后牵起她的手的感动，幻想着一切……

下课铃声响起，只见边远走出教室，一个男生迎上前牵起了她的手，两个人竟然默契的相视一笑。

那个男生竟然是拖布男。

他们两个人从我身边走过，天光一秒一秒地占领苍穹，我站在这条经线，而她站在另一条纬线，我的心碎了，像一个被针扎了的气球，"砰"的碎了。万箭穿心，涕泪交加，世界瓢泼大雨，我站在孤独里守望。

我抓墙，我挠头，我倒立，我痛心疾首。我咬紧牙，恨不得把旁边的 304 不锈钢扶手咬断。我攥住拳头，手上的情书被攥成一团。

拖布男，我想打他、削他、揍他、捶他。

直到他们俩从我的视线里消失，我也没胆量没有魄力的冲上去，不是怪自己内心太过于懦弱，而是他的头发比我长，腿比我长，胳膊比我长。

同理可得，他拳头比我硬……

当晚，我跑到学校外的理发店剃成了秃子。在佛家，头发就是情丝。剃光头代表我洗心革面、重新做人。我要斩断情丝，斩断情根，剪断我尘世的牵挂。

陈浩南我不做了，我要做山鸡。

很长一段时间，只要我的头发刚刚有黑茬，像鞋刷子毛一样立着，就去理发店刮掉。没想到做山鸡也是件困惑的事，让很多不知情况的人误以为我小小年纪就处于化疗之中。

拖布男和边远公然在校园里出双入对，亲密无间的看上去俨然一对小夫妻的感觉。每次和他们擦身而过，我都会双手合十默默地为他们祈祷，为他们祝福，祝福他们百年好合，永结同心，鸳鸯成对，生死同眠，福泽绵长，白头偕老，相濡以沫，牵手一生，洪福齐天，百神庇佑，粮食满仓，百子千孙，继后香灯，患难与共，唇齿相依，风雨同舟，肝胆相照，与时俱进，超凡脱俗，走火入魔，遗恨人间，流芳百世，永垂不朽……

　　我封锁了自己，不和别人说话，凄美的天空，一切就像空气一样的消失了，宁静的世界里多了一丝荒凉，难道宿命真是世间最无法逃脱的枷锁吗？

　　我拿起为头发做护理剩下的啤酒，起开一瓶，一饮而尽。坐在窗台上，款款深情地唱起张学友的那首老歌《你知不知道》。

　　你能明白吗？我的爱人，你就是那个让我丢了心的人，你能明白我吗？我就是那个为你迷了心的人。我在期待你的一个吻，期待你来爱我这一生。就让天知道地知道，你对我有多重要。

　　歌曲唱到中间，我深情的念道。

　　自从我第一次看到你的时候，我就偷偷喜欢你。这种感觉，我一直埋藏在心里，不敢让你知道。直到那一天，当我们要分离的时候，你突然跑来向我说再见，看着你远去的背景。我心里忍不住想对你说，我真的好喜欢你，你知道吗？

　　这段告白又深深地刺痛了我，她伫立在边缘，看不见我的含情，看不到我的望断，这么近的距离，却让我苦苦挣扎，给了我窒息的弧线。

　　我又打开一瓶啤酒喝了下去。我的心好疼，眼泪哭得像喷泉一样，50米见方的游泳池似乎都容不下我伤心的眼泪。

　　一天周末，我又去找了那个罗汉，双手合十，说，大师，您好。

　　阿弥陀佛，施主找我所谓何事？

　　为了一个姑娘。

放肆，本寺都是出家为僧远离红尘之人，何来的姑娘？大师有点紧张。

您误会了，是心中的姑娘。我拍了拍胸脯。

大师释然道，施主请随我来。

我随他穿越过一座小山又爬上另一座大山，来到一个大石头面前。

大师指了指石头，问，施主，你说这是什么？

我看了看，摸了摸，回答，是块石头。

这只是一块普通的石头，可达摩祖师爷当年就坐这里，9年里终日面对这块石头。

我心里想，祖师爷爱上了这块石头？

施主，随我坐下。

我点了点头。

只见大师他两腿曲盘，两手作弥陀印，双目闭目，五心朝天。在这个曲径通幽的深远僻静之处，山光悦鸟性，潭影空人心。我也闭上了眼睛，仿佛看到青山焕发着日照的光彩，看见鸟儿自由自在地飞鸣欢唱，我走到清清的水潭旁，天地和自己的身影在水中湛然空明，心中的尘世杂念顿时涤除。

原来达摩面壁9年，不是爱上了石头，修的是心。

大师道，年轻人，一切主观意识在乎心境，心里平静就可以感受到世间万物的真善美，善与恶，正与邪，魔与道，其实这一切都在一念之间。你与佛有缘，要不要出家？

我说，谢谢大师的教诲，我很敬佩大师您忘却世俗、寄情于山水的隐逸胸怀，只恨我自己尘缘未了，六根未净，执念已深，已入魔障。

大师道，施主想忘记这段不堪回首的过去吗？

我点点头。

只见大师从袖子里拿出了两包东西，说，这一包是失意药，另一包绝情丹，你要哪包？

我回答，都要。

从那以后，我的生活又回到了以往的安宁，每一天简单的背书包上学放学。有些事，我们明知是错的，也要去坚持。有些人，明知道是错爱，我们也不会放弃。有时候，明知道前方已经无路可去，我们依然继续前行，因为不甘心。都说时间是治愈伤痛的良药，不是的，伤痛没有被时间治愈，而是时间让我们习惯了伤痛而已。

世界上真有失意药和绝情丹吗？没有，那只是板蓝根而已。

一个周末，我和同学约好了去打街头霸王。波动拳、升龙拳、空中龙卷旋风脚，必杀招我发的起劲，一个长发男生走到我身边，对我说，哥们儿，外面有个女孩找你。

我一听，女孩？心里一惊，心想，还有这等好事。

她找我做什么？我问。

她说她想认识你，和你做个朋友，不好意思和你当面说。他回答。

听了之后，我心里美滋滋的。

于是我满心欢喜地跟着那个男生从游戏厅走了出来。我们穿过街道，绕过几个胡同。我心里想，约我在这种偏僻的地方见面，真有情调。

又走了两分钟，突然拐进了一个死胡同。姑娘没看到，只见6个男生站在那里。他们双手插入裤兜，身体歪斜，头略前倾，微低着头倚靠着墙，双脚外八字站立。单单从站姿我就可以快速判读一个人的素养，不用问他们是谁，肯定是一群流氓及混混。

最左边的那个男生双脚分开比肩宽，整个躯体显得膨胀，存在着潜在的攻击性，在这一小帮里，肯定属于无脑愣头青一个眼神不合就冲出来动手的角色。

躲在最后面的那个人，脚尖拍打地面，低头不语，目不斜视，还摆出陈浩南的招牌姿势，大拇指塞到耳朵里，张开手，手掌向上，玩打火机。暗示着他的领导力和权威，估计他就是这群人的大哥了。

几个人围住了我。想转身跑，可我的手脚已经动弹不得了。我意识到，这是由一小撮人煽动起来，有组织、有预谋、丝毫没有技术含量的打劫。

我看着他们，他们每个人都留着长发，目光凶狠，像魔鬼一样，狰狞地笑着。我的双腿在颤抖，汗水顺着脸颊慢慢地流下来，不是因为热，是因为害怕，意识失灵，尿都快吓出来了。

他们的头发长、腿长、胳膊长……

而且我还怀疑，他们有大规模杀伤性武器。

引诱我来的那个男生说话了，他说，哥们，最近兄弟们手头有点紧，能不能借兄弟们几个？他的手顺势做出了"意思意思"的动作。

我爽快地答道，小事，都是小事，没问题，兄弟们有困难我帮助是应该的。

他们见我如此识时务，又省着动手了，开心地说。小弟，如此仗义，以后咱们就是朋友了，我罩着你，谁也不敢动你。

我乖乖地将钱掏了出来。

身后面的老大走了出来，从我手里接过钱的时候。我打量一番，心中一惊，拖布男？边远的男朋友托布男？我认出来他后，只觉得血向心口涌来，鬓角里的筋眼眼跳着，怒火熊熊燃烧到头顶。

此时，我心里喊了一句，"火焰神武装起来"。仿佛从雅典娜那里得到智慧与力量。拎起拖布男的头发像疯子一样，将他的脑袋咣咣往墙上撞。

顷刻间，天崩地裂，地动山摇，一瞬间我变成了地狱般的红眼恐怖恶魔。我心里骂着，我要给你撞成脑震荡，让你脑干内的神经元病变，以后变成大傻子。

撞了良久，我松开了手，只见拖布男脸色苍白，一动不动地躺在地上。

他已经失去了反抗能力，可我没有停手，相反愈打愈勇，继续飞踹、侧摔，绊脚、冲膝、截肘、扫堂腿、劈腿。

劈腿这一招式，不是一般人我也不会使用。

每一脚都踢在他的锁骨上，每一招都打在他的要害上。人中穴、风池穴、至室穴，还有涌泉穴、各个击破。涌泉穴经属少阴肾经，击中后，伤丹田气，气息不能上升。

不过这个穴位在脚心，打起来比较棘手。

棘手也要打，让他的痛永远在血液里流淌。

他哭了，向我求饶。

能够哭出来的疼痛便不是疼痛，我继续鞭打他，品味着绝望的灵魂的最后哭喊。

我打得有些疲惫了，停了下来。拖布男倒在地上，衣衫褴褛。我的手指间留下了一撮头发，风吹了吹，离开指间缓缓地飘落在地上。

此时，旁边 6 个人被这场突如其来的鞭刑及虐人场面惊呆了。我转过身，嘴角微微一笑，看着他们，眼神流露出对智障孩子的爱。

他们看了掉头就跑。

　　我的心情许久才平复，西方有个道士曾经说过，他说人和魔只有一线之间，不要让仇恨埋没了人性。感觉自己魔性已褪去，欲要走出胡同。刚才逃跑的那6个人，我以为被我的正气所震撼，从而吓得狼狈逃窜。可谁想他们剃成了光头，堵在胡同门口又将我狠狠地暴揍一顿。

　　伤痕累累地我从地上爬起后报了警。因为外貌特征太明显，7个人很快就被警察抓获，被关进了少管所。

　　边远因为是主犯的女朋友，还受到了传讯，吓得当场哭昏了过去。打劫的动机是为了给她开生日聚会。

　　不知道为什么，那段日子里，我的心久久难以平静，又增添了几分伤感。我发现恨一个人只会令自己更痛苦，终日诚惶诚恐。

　　后来我上了高中，学校为了把育人放在第一位，努力营造良好的校风学风，担心发型会成为潮流，避免学生攀比，同时也希望不要因为追求个性而耽误了学习，对发型严重限制。

　　就这样，出现了教务处主任，每个月总有那么的几天，大清早拿着剪刀站在学校门口，看到谁的头发不顺眼，强制又强迫，一把剪刀剪下去，把头发剪个大坑。

　　所以高中三年来，我没有看到比较另类的发型。让我印象深刻的倒是我同桌，他是天生的自然卷，而他告诉我，小时候因为他无意中触碰了电源，才导致今天的卷发。生物老师也讲到触电可以使生物的基因突变，我也是将信将疑。

我同桌对卷发很是苦恼，所以闲暇之时，他都用一把木梳对着镜子不停地梳头，希望有一天把头发捋直了。

我总对他说，那么费事干什么？摸下高压电，突变回去不就得了。

后来我上了大学，那年非典 SARS 爆发，流行离子烫，头发根根标直，一时间征服了无数男性女性，飞舞张扬的秀发满街游走。当时我就想，我的同桌可以如愿以偿，不用天天梳头了。

没过两年又暴发禽流感 H7N9，流行负离子锡纸烫，就是把头发弄得弯弯的，内部有膨胀感，发丝更加轻盈飘逸，自由又不显凌乱，富有动感。闭上眼睛摸上去还以为这是丰收的玉米。

我感叹道，同桌，殊不知，你当年的被电了的一头卷发才是引领时尚潮流的风向标。

而现在各种奇葩发型异军突起，独树一帜。非主流杀马特发型天天见，让我一次又一次到崩溃的边缘。

去年夏天逛西湖，因为《新白娘子传奇》是我童年美好回忆中不可或缺的一部分。所以特想看看西湖，想看看雷峰塔。从湖滨下车来到西湖边，放眼望去，烟雨江南，姑苏美眷，如诗如画。因为我近视眼。东西方向远远望去，发现两个方向都有似塔状的物体。我跟着直觉，选择了西去。走了不到 20 分钟，近眼一看，原来是非主流的脑袋。

那小子化了一脸烟熏妆，脑袋如同插了一把拖布，还染成彩虹糖的颜色。体形枯瘦如猴，裤子上宽下窄，黑眼圈，红嘴唇。左耳打洞，右耳挂圈。好像他刚买了一张地狱的门票欲要去报道。

最奇特的是，腰上还挂了一条铁链一直耷拉到地上。

看到他，我有两个问题。第一个，这发型晚上怎么睡觉？第二个，那拖在地上的链子是干什么用的？

我走过去拦住他，借问路为由与他搭讪，话题打开后，选择性的问了他第二个问题。

哥们，第一次看到你这装束，真酷啊，好喜欢。

Lady gaga 是我的偶像。

哦，原来是这样。我有个问题想请教一下，你这条链子是干什么用的？

他不屑地说，看你像个读书人，这都不懂？这链子是防静电的。再说我这发型，容易招雷劈，我的脑袋接受雷电流后可以通过这条链子将电流导入地下。

哦，原来是这样。遇到你很开心，我们合个影吧？可以保留生命中这段精彩的一瞬间，让时间永远定格在这一刻。

那小子表示同意。

西湖很大，后来迂回实在体力不支，中途退出。

回到家后，妈妈要看我和雷峰塔的合影。我拿出和非主流的照片，她看到之后的第一句话是，哎呀妈啊，这是谁家的孩子？吓死我了。

接着又开始说，完了，完了，彻底完了，他的未来真是令人堪忧。

当今无论发型如何变革，我依然留着短发，并且半个月就剪一次，十几年来未曾改变过。书上说毛是血管的延长，男人理发不只是外观上的改变，还能疏通血液，防目瘀血，更能使人精神舒爽，留长发只会使血液循环变得迟滞。

大学后我接触到一些艺术专业的男生，他们特点都留着长发。同时我还发现短发的男生有着爽快利落的个性，而且果敢坚韧，凡事不尾随苟且。而长发的男生好像无形中感染到了女性的气质，对任何事情总是犹豫不决，慢条斯理，而且对一些小鸡小鸭小鸟小虫天空什么的特别敏锐和细腻。

我想这就是长发把男生们的艺术表现得淋漓尽致的原因吧。

前几天，我接到了一个电话，是边远打来的，如今我们交往平淡如水、浅笑安然。人对感情随着时间会改变的，小时候看到秋千大家抢着荡，现在长大了，秋千空在那也不会去玩。

电话里她欣喜若狂地告诉我。五一即将结婚，要我去参加。

我问道，和谁结婚？

她幸福地说，还用问吗？以我的天生丽质，肯定是个大款啊。

我开玩笑的又问道，大款啊？肯定岁数也大吧。

她笑着回答，大男人好啊，呵护我，体贴我。才 40 出头，大个十七八岁的也不算大吧。

五一回家，我参加了她的婚礼。

新郎出现，我大吃一惊。

果然 40 出头，而且还 40 秃头呢。

青春的墓志铭

    拈手算来，我的生命已走过了二十几载春秋，三点一线的学生生活似乎还是昨天的记忆。

    而眼前却已是奔三的年纪了。

    又一年的生日即将到来，不禁感叹，时间竟是如此之匆匆！

    遥想当年曹孟德"把酒当歌，人生几何？"之感慨，似乎也能感受到廉颇忽闻"尚能饭否？"之伤怀。

    忆古思今，我的生命在岁月的流逝中又留下了怎样的印记？面对逝去的青春我又该做些什么？如果说挥霍是通往死亡的通行证，那么也许我只能为青春作一篇墓志铭了。

小学的我，家长心里的好孩子，老师眼里的好学生，同学身边的好朋友。是一个让人羡慕的好角色。那个时候的我很乖，而且居然做到了"学""玩"两手抓，而且两手都很硬。

我的中学以优异的成绩入学，以良的成绩离校，玩学兼修。因未遇良师，终未成奇才，青春乍现的叛逆在我身上表现得淋漓尽致，教师的死板让我反感，厌师，乃至于厌学。

也许还有很多的学生是像我一样，因为不喜欢一个老师而放弃一门学科。现在想起来那是很愚蠢的举动，可愚蠢也是年轻的特权。能够以良的成绩毕业，足以见得上天对我还有些眷顾。骨子里的心高气傲在理所应当的事实面前承受了一次不小的打击。未能升入重点中学，成了叛逆期的一道疤痕，同时在我的生命中留下了痛的记忆。

或许自卑的影子还有些说不出的其他……

其实在升学前从来都没有想过自己的未来，升高中似乎是大势所趋，而最好的似乎就应该属于自己一样，当知道自己没有进入重点之后，心里产生了很大的落差。虽然这种落差在静下心来分析时可以消除，但终究成了年少时的我心中的一个结。

我的高中，散漫中自尊，困乏中自救，沉思中自省，成长中自乐，失败中自勉。高中的记忆是深刻的，喜、怒、哀、乐、现在都似乎还能清晰地浮现在眼前。晚上的通宵上网，白天上课的打盹，考前的紧张……

　　不知道这是否意味着当时的我曾很努力地在生活？

　　很奇怪，因为我从不觉得那时曾经用过心。

　　散漫，是说刚刚步入高中时对自己放任自流的放弃。不想回忆却又不能忘记，心里始终都不能摆脱那个结，想起就会痛，而越是痛越是证明了自己的存在。不知道用了多长的时间，我终于给自己松了绑，过去终将过去，生活也并未因此失去缤纷的色彩，我发现不管怎样，日子还是一如往常。

　　自救，是因为每晚的通宵游戏让贪睡的我总是睡不醒，以至于课堂补觉。我没有任何对老师不敬的意思。不过细数起来，除了体育课，其他老师的课上我都睡过，这也足以证明我是很公正的，并非针对某一位老师。所以白天落下的内容我一般用晚自习的时间来补救。自学，自我拯救。同时自我感觉效果还不错，我的成绩就如北极的气候一样有了升温。

　　自省，这应该是我最大的优点。学校真的是一个很好的地方，朗朗的早晨，沉静的夜，给了我很多思考的空间。在每一次的沉思中发现自己的不足，反省自己的缺点，让我更加全面的认识自己，逐渐树立起自己懵懂的人生观和价值观，虽步履蹒跚，可我在一直前行。

自乐，在忙碌的生活中能够自得其乐，这也许是我性格中乐观因子活动的结果，不过人常说，避苦求乐是人生的自然，多苦少乐是人生的必然，能苦会乐是人生的坦然，化苦为乐是智者的超然。虽然我还不够坦然更谈不上超然，但在那个时候能够有那种心态已经很不错了。学习上，思想上，生活上……一点点的进步都能带给我莫大的快乐，让我更加肯定和喜爱自己。

自勉，也许这么好的词用在我身上真的不是很合适，原谅我的才疏学浅，在我的词库中实在找不出一个更合适的词来了。时间的流逝终究没能改变我性格中的任性和固执，依然因老师的教学而选择或放弃功课，再加上本性中的懒惰，我一次又一次的放松，一次又一次的原谅自己，在一次又一次的放纵中我的偏科现象越来越明显，终于离优异也越来越远。不过在逐渐的历练中我的心智学分确有增长。所以从整体来看，我还不错，至少我不是死读书，也没有成为百无一用的书生，这也应该算是我的收获。学会了自我激励，古人云，大学之道，在明明德，在亲民，在止于至善。我并没有偏离道很远。

就这样，像一个投机商人，我上了千军万马的高考战场，终于因实力运气都不济而败阵下来，让很多高估我的人大跌眼镜。在此，向曾对我抱有很大期望值的诸位师长和朋友致以深深的歉意！

战后总结的结果是，商人赔的是钱，而我赔得是一颗年轻的心。

一条路走过了就不会再从头来走，固执的我面对高考失利，选择了复读，三分天注定，七分靠打拼，虽然我那七分做得不够，可是三分还是要坚持。一年后，在扩招政策的大旗下，我迎来一个新的起点，既然有了一个新起点，就让它延续下去。

Tomorrow is another day，明天依旧是明天，毕竟谁也不知道明天会是什么样的，那就用美好的心情来迎接它。

于是就这样开始了我的大学生活，每天像例行公事一样到教室报道，在写作中消磨时光，在安逸中放纵灵魂，每年紧张的永远只是考试前一周的时间，每年的收获也仅仅限于考试那一周的时间。四年的时光一混就过来了，除了一张没有什么意义的证书之外，我不知道大学还给了我什么？

步入社会我才发现，原来这一纸证书真的没有什么价值，社会上对学历的要求已经远超出这个起点，不管怎样，路还是要继续的，在继续深造与就业面前我选择了后者，学历不等于能力，我不想让自己成为学历的傀儡。

在社会的历练中，我痛并快乐地存在着。在世态炎凉中，学会了冷眼旁观来看周围的一切。在每一次的困境与挑战中我选择并坚持着自己的路。

我想我会一直在路上，这条路很远、很长……

非诚勿扰

　　已经大四了，一个人突然感觉有点厌倦了。天渐渐寒冷，看着大一大二大三的学弟学妹们在学校的羊肠小道上难分难舍，心中有种说不出的滋味，是祝福？是羡慕？还是嫉妒？

　　一对又一对情侣在寝室门口含情脉脉地抱在一起，恋恋不舍的他们在那嘴唇对着嘴唇。我看了，总想跑过去对他们说，算我一个好吗？

　　每次都这么想，可都没有这么做。我只是裹了裹衣服，扎紧领口，呼出一口寒气，从他们拥吻的身影中擦身而过。

其实大学里，我还没有恋爱过。我已经错过了青春年华，风华正茂。但我还是那个完美的我，只不过有点虚。

所以，现在，我懂得了珍惜现在所拥有的，不会重蹈失去了才懂得珍惜的覆辙。我不知道恋爱是什么滋味，没有恋爱是因为我没遇到我爱的人。我觉得，如果不能和我所爱的人在一起，我宁愿选择孤独。

每当我一个人走在寒风凛冽的中央大街，此刻，多想有位我爱的女孩站在我身边，一起喝马迭尔酸奶，一起吃秋林红肠面包。站在冰冻三尺的松花江畔，用彼此的气息温暖对方的手心。

我叫××。性别，男。年龄，23 岁。就读与 ×× 大学 ×× 专业。今年大四，身高 178cm，体重 68 公斤，体态均匀，没有孕妇肚，没有 X 型腿和 O 型腿。外形与智慧相并重，忠、孝、礼、仁、爱、信、义、忠实度极高，样样能够实践的好男人。

觅 19 到 27 岁之间女性，长发，大眼睛，仪表端庄，温柔淑女，心地善良。有在街边喂过流浪狗牛奶者的女生可进入笔试，能一起在熙熙攘攘的大街边上吃臭豆腐者直接进入面试。

寻寻觅觅，寻寻觅觅感觉你的气息，可是每次都感觉到的是一股冷空气，冻得我浑身颤抖。黑夜里，我用我那五音不全的嗓子唱着《男人哭吧哭吧不是罪》，想用 180 分贝的真心来吸引你，可却引来了日光峡谷的七匹狼。

　　我放弃了。所以就在此发出征婚启事。再次的表白我的真心，证明这也绝不是个玩笑。

　　提前说声"I LOVE YOU"。

　　我在等你。

　　希望在下一个冬天到来的时候，能与你一起取暖，一起唱歌。更希望在不久的将来，能与你有一个属于我们的小家。我和你在简陋舒适的屋檐下，一起看《还珠格格》，一起看《焦点访谈》，一起看《西游记》，一起过着我追小狗，小狗追骨头，骨头放在你手里平凡而温暖的日子。

　　一个诚实而又坦率的我，期待与你在缘分的天空中自由翱翔，相信我们会相逢。

　　双向选择，择优录取，中介免谈，非诚勿扰，谢谢合作。

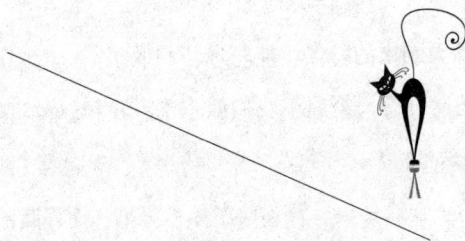

这是一个真实的故事

　　夜，挟着凉爽的微风，晶莹的星星在无际的天宇上闪烁着动人的光芒。男孩牵着女孩的手，像往常一样来到学校的操场上，男孩从书包拿出一本书放在操场的水泥台阶上。女孩坐了下去，又温柔地将头靠在男孩的肩膀上。

　　男孩从来都是对她体贴又细心，他们在一起已经两年零三个月了。这 27 个月里，他们吵过，闹过，骂过，但他们谁也不曾与对方提过分手。因为他们知道，他们是相爱的。对他们来说，爱，那是一件不容易的事。可是想到未来有没有结果，他们却不知道。

男孩与女孩相识在公共汽车。这样的邂逅就好像牛顿脑袋上那个苹果。男孩有个女朋友，两个人从高中就开始恋爱，一起考到同一所城市的两所大学。男孩来到了理工，女朋友去了师大。同样，女孩也有个男朋友，也是从高中就开始恋爱，一起考到同一所城市的两所大学，相反的是，女孩来到了理工，男朋友去了师大。

一到周末，男孩都会去师大看望女朋友，同样，女孩也会去师大看望男朋友。周五下了课就匆忙地跑出教室，他们会等同一辆公交车。

车上，男孩总会有意无意地望着女孩，女孩虽然侧目窗外，她知道，这双眼睛已经盯了她很久很久。她虽不喜欢，但至少也不太反感。

对了，有时候她们会被挤在一起。

有一天，太阳热的似乎想把大地烧焦。车上人多得又闷又挤，女孩在左摆右晃的公交车上突然流下了鼻血。女孩一只手捂住鼻子另一只手翻着包，可是女孩发现包里面只有卫生巾，没有卫生纸。

女孩子着急了，总不能将卫生巾贴在脸上。鼻血从手指缝中渗了出来，就好像白雪中的残梅。

恰巧在这时，男孩已经站在女孩旁边。男孩意识到女孩的窘迫。从裤兜里掏出了一条手帕递给了女孩。女孩看了看这个她，又看了看手帕。女孩没有犹豫就拿起手帕捂在自己的鼻子上。

这时，女孩对着男孩微微地笑了笑，说了一声"谢谢"。

女孩笑，是因为她觉得男孩土。现在还有人用手帕？就好比5G时代还有人用传呼一样。

就这样，男孩和女孩认识了，女孩留下了男孩的手帕，说洗干净后还给男孩。

这天晚上，女孩拿着男孩的手帕躺在床上，放在鼻子上一边闻一边偷偷地发笑。手帕上绣了两只在水里嬉戏的鸭子，旁边还有一首诗。

女孩念道：十里平湖霜满天，寸寸青丝愁华年。对月形单空相护，只羡鸳鸯不羡仙。

女孩把手帕洗干净后还给男孩，可是男孩没有要，他说送给了女孩。

从那以后，女孩和男孩每天都上学、放学、吃饭、自习，一到周末的时候，又一同前往师大。下了车，男孩和女孩就如同陌路人一样。师大门口，男孩牵的是他女朋友，女孩牵的是她男朋友。

有时两对情侣会在食堂相遇，有时会在校园的湖边相遇，可他俩从未说过一句话。两对情侣擦肩而过。但谁也看不出，他们其中的两个人是熟人。

就这样，一个星期的周一到周五，男孩总是和女孩在一起。到了周末，他们就选择分开回到各自对象的身边。

到了现在，算算他们已经走过了两年零三个月。

这一晚，月光如水的夜，是那么静宜柔美。

女孩抬起头，感叹道，时间过得真快。

男孩感叹道，是啊！

女孩说，不知道不觉我们已经在一起两年多了。

男孩感叹道，是啊！

女孩问道，你会和她结婚吗？

男孩想了想，说，差不多吧。

男孩反问道，你呢？

女孩说，估计也会吧。

男孩问，结了婚我们还是保持这样的关系吧？

女孩答道，嗯，好吧。

此时，两个人沉默了，周围又沉静了下来。

不久，女孩问，对了，这么久了，你说我们到底是什么关系呢？

男孩没吭声，过了一会，男孩仰望天空，默默地回答，像一个凄美的爱情故事。

女孩问，什么故事？

男孩说，有一天，有个女孩子在擦窗户，手上的抹布不小心掉在了经过窗前的男孩的脑袋上，男孩抬起头，定睛一看，女孩惊为天人。

不是Edison

大三暑假，一天吃早饭的时候，我突然捂住嘴"哎哟"了一声。爸爸问我怎么了？我说好像咬到了一颗小石头，但是牙特别的痛。

经常痛吗？

不经常，偶尔右边吃到韧性强的东西才会痛。

爸爸掰开我的嘴看了看，说，没关系，那是立世牙，我像你这岁数也长，过几天就好了。

当时我心里还想，谁嘴巴立的誓？怎么长我嘴里了？

记忆里童年换牙，中午放学回到家，远远地就大声对妈妈喊，妈妈，我掉了一颗牙，我掉了一颗牙，你快看啊。

妈妈淡定地问，是被打的吗？

不是，是自己掉的。

是上牙还是下牙？

是下牙。

扔房子上面。

我顺手"嗖"地一下扔到了房子上面。

当时不知道为什么，长大了才知道，这只是民间的换牙俗而已，下牙，扔在高处，上牙，要埋在土里，寓意着牙齿越长越好，不长歪牙，不长虫牙。

我问妈妈，牙齿我可以咽下去吗？

妈妈说，现在还早，等你长大了再咽吧。

我不明白那是什么意思，但我知道，每掉一颗牙，代表着一种长大的幸福。

小时候总盼望着自己快快长大，所以我的牙齿刚刚有些松动，就对着镜子用手指将它左摇右晃地拔掉，撕心裂肺般的疼痛遍布了全身，涌出红色的血与白色的牙齿搭配显得分外妖艳。血顺着嘴角流了出来，镜子里的我似乎很是享受这种感觉。

都说有两种男人，一种是只流血不流泪的男人为你流了泪，一种是只流泪不流血的男人为你流了血，遇到其中一种就是女人的幸运。

表妹爱吃大白兔奶糖，爱吃糖醋排骨，爱吃糖醋鲫鱼，爱吃糖醋里脊。成长的记忆里，白天的她微笑起来总能看到黑了的蛀牙。晚上的她因为牙痛捂着嘴在床上打滚。

我不爱吃糖，我的牙膏还是大白兔牙膏，齿若编贝，光洁闪亮，所以至今我无法体会牙疼到底是什么滋味。

不过这颗立世牙的疼痛伴随我多年，仅仅在吃东西的时候才疼痛发作。一次和表妹无意谈起了多年来的牙痛，向她取经，毕竟小时候，"豁牙子"的外号是我给她起的。

表妹说，你快去看看牙医吧，可能是虫牙。

她从小到大都羡慕嫉妒我的一口好牙齿，当时她说我是虫牙还表现出很开心的样子。她笑了，笑的又露出了虫牙。

"看牙医"这三个字在我心里面提醒了许久。忘了哪一天，恰好路过一家牙科医院，突然想到自己的立世牙，转身就走了进去。

里面没有任何病人，一个中年的男牙医坐在那里等候我的就诊。

我坐下来问道，医生，我右边牙齿吃韧性的东西，比如牛肉干、鱿鱼丝，牙齿突然像触电的一样疼，你帮我看看是不是虫牙？

我张开嘴巴，医生用压舌片在我的嘴里看了看，说，没有虫牙。

我问，那为什么会总痛啊？

我不知道这句话有什么不妥？他似乎显得有点不开心，我不知道他为什么不开心，医生的快乐与忧伤就是那么难以捉摸。

他问，你不吃东西疼不疼？

我回答，不疼。

那你用左边吃东西疼不疼？

我回答，也不疼。

我以为他问了这些，是为了调查牙齿的整体健康情况，根据自身经验判断寻找牙痛的根本原因，从而采取有利的疗法与处方。接着再说些什么我听不懂的专业术语，什么食伤脾胃，胃肠积热，循经而上所致等等。

可他毫无违和感的说，你要么不吃，要么用左边吃，反正你没虫牙。

这句话说完，他的嘴角还微微上扬，眼睛里充满着掩饰不住的笑意。

这句话说的非常完美，完美的找不出任何瑕疵。不过看到他得意的样子，怒火立刻在心中翻滚起来，我显得有点不爽。

我心想，我也不打算在你这里看牙了，而且我也不会再来。今天除你妖风，扬我正气，同时拯救一下你的医风医德。

我说，你是不是觉得自己思维敏捷？推理缜密？说话幽默？其实你说的这句话就是一句废话，你是医生，救死扶伤，妙手回春，仁心仁术，白衣天使，哪个配用在你身上？你拿的是手术刀，和患者玩弄语言上的诡辩术合适吗？你听过天气预报告诉你，明天要么下雨，要么不下雨这句话吗？不是嘴皮子在这里耍一耍，患者的病就"话到病除"了。孙思邈说的，患者如至亲，同行勿相轻，你听过没有？小学课文的《纪念白求恩》你学过没有？我不求你像白求恩那样做到毫不利己、专门利人。也不求你医术有多高明，但别总想着钻空子，背离真理的探索，又摆出一副自欺欺人的消极态度，让人看了难受，我只求你对待患者能拿出点负责任的态度就够了。

他听了后愣在那里。文武之道，讲究一张一弛，我转身离开。

而现在，这颗敏感的立世牙已经5年了，这5年来，右边一直不能吃有韧性的东西。当年彪悍的我用右边的大牙开啤酒瓶，而现在也只能大喊服务员给我拿个启瓶器。

2011年的春节，这个团圆的春节我没有回家。每逢佳节倍思亲，春节的前一天，我和亲爱的爸爸妈妈视频，当视频里见到父母的那一刻，我咧开嘴，微微一笑。

父母看我的笑愣了一下，惊讶地问道，儿子，你笑起来怎么嘴歪了呢？是不是这些年一直用左边吃东西，导致右腮肌肉僵化了？所以笑起来脸蛋也不谐调？

放下视频，我一整天对着镜子不停地傻笑，还不时地揉腮，试图矫正过来。不过，无论多自然的微笑，嘴都是歪着的。

歪嘴笑？这可是 Edison 招牌笑，歪嘴一笑百媚生，三分清澈，六分诱惑，一分邪气。

可我完全不符合，更不符合"很傻很天真"少女心目中的王子形象。

若改变这样的情况，只有根治右边牙齿的敏感痛。

我挑了个周末阳光明媚的日子，来到了附近的牙科医院。这次遇到的医生显得专业多了，他用一个小铁棒敲着我右边的每个牙齿，一边敲还一边问我，是这颗吗？是这颗吗？

突然，我点点头，是这颗，是这颗。

医生说，噢，立世牙，长歪了，顶着你的后槽牙长，长不出来，所以疼。

他又把镜子给我，说，你自己看看，被顶着的那颗后槽牙已经蛀掉了。

我一看，果然是这样。我问，怎么办？

医生说，拔掉呗。

我犹豫着，医生接着说，没事的，那颗牙没有用。

我说，没用长它干什么？

医生说，对你来说是没用。

我问，可以磨短吗？

医生笑道，本来就很短。

因为拔牙之后只能吃流食，又不能喝酒。当时处在春节前夕，北方除夕的菜谱中，必有一道发财之手"猪蹄"，寓意着挠一挠，祝福明年可以抓到更多的财富和幸福。这道吉祥的菜来自唐朝，朱书提名大雁塔，有金榜题名之意。

拔掉这颗牙的计划因为猪蹄搁浅了。除夕里忍着牙痛，幸福满满的啃着猪蹄，喝着红酒，看着除夕晚会。

很快就到了春节上班后第一个双休日，但领导要求全体加班。

我说，领导，这周我能不能不加班，我有事。

领导问，什么事？

我说，拔牙。

领导说，正月里是不能拔牙的。

我说，我只听说正月里不能理发，没听过正月里不能拔牙。

领导说，现在听过了吧？

知道了，我点头。

那好，周末大家加班吧。

拔牙的计划又搁浅了，整个 3 月份都忙着福清核电站两个反应堆的清单编制工作，一天假都没有休，每天工作到 11 点。4 月份，投标工作暂时告一段落。第一个周末，终于迎来了两天假。

　　有了这两天的自由支配时间，准备又去牙科医院。途中路过一家烤鸭店，橘黄色的鸭皮里包着外脆内嫩的鸭肉，还吱吱的冒油，令我垂涎三尺都不止。我在想，拔了牙后，未必有现在的胃口。于是我买了一只烤鸭，热腾腾的烤鸭放在了手心，我咽了咽口水。

　　正想着去哪消化这只烤鸭的时候，刚转身没几步，一个戴眼镜的小妹妹拦住了我，她楚楚可怜地对我说，哥哥，可以给我 5 块钱吗？

　　她穿着校服，衣装整洁，戴着红领巾，还背了一个可爱的书包。不过脸有点脏，头发也有点乱，眉宇之间流露出一点点的清丽秀雅，仿佛从神雕侠侣走出来的小龙女。

　　错了，应该是那只雕。

　　我对她说，这位少先队员，你要钱干吗呀？

　　她说，我饿了。

　　我说，那我们一起吃烤鸭吧？

　　她说，我不爱吃烤鸭，我只要钱。

　　我继续说，这位少先队员，你看到那个超市没有，那里有面包牛奶香肠，都免费品尝，你吃着吃着就饱了。

　　少先队员听了，生气的转身就走。

　　现在的乞讨，一点都不专业，没礼貌，没风度，就算是装学生，书包至少放进去几本书，让书包看上去有些沉甸感，实在没有书的话，放几块砖头也可以。

我抱着这只烤鸭，来到石化海边，石化的海是上海最美丽的海。清爽潮湿的海风，吹拂着人的头发、面颊、身体的每一处。我找了一块大青石，一屁股坐了上去。面对着大海，头顶着一片片云，看着一层层海浪缓缓地向沙滩蔓延。

真美。

这是工作 3 年多以来，我做过的最浪漫的一件事。看着一对对情侣浪漫的牵手相拥，看着父母带小孩放风筝、挖沙子、吹肥皂泡。而我，坐在这一切美好的风景中吃烤鸭。

春天，脚气的高发季节，一阵细腻柔软的海风吹来，那些光脚在海边走的朋友，请穿鞋好吗？

中午，我来到医院排起了长队。据外国专家统计，中国人的一生有 1.5 年的时间都在排队，女的要 2 年。这个周末，只有一个牙科医生当班，而且还规定，下午只看 10 个病号。

我是 7 号，从中午 12 点排到下午 3 点。过程还时不时地组织排队纪律，避免插队。

终于轮到我了，刚坐下，医生看了看我的牙，说了一句，好，明天再来。

她是个女牙医，女牙医怎么了？大是大非面前，我谁都不客气。

我生气道，什么？明天再来？我排了3个小时，你看了一眼就让我明天再来？顿时觉得世界没有爱了。

她解释道，你这颗牙难拔，给你拔了，后面的人怎么办？

我又生气道，你这是什么道理？我也是病号，明天来了后面就没人吗？还不是面临同样的问题吗？

女医生有点被我惹怒了，说，少啰唆，让你明天来就明天来。

我想继续和她争论，可我深知患者对医生采取攻击性或质疑性态度会增加误诊风险。这次和上次不一样，我哆嗦了一下，因为她还要给我拔牙。万一她拔错了，我能怎样？

况且医生脾气不好，这也是职业通病。医生，一天即一生，病人愁眉苦脸，情绪也会传染。

我拿起包，黯然伤神地往外走。她忽然泛起了一丝怜悯之心，说，这样，明天早上你不用排队，直接第一个好了。

她的话令我喜上眉梢，让我获得了一丝丝安慰，一丝丝温暖。

我心里感叹，多么仁慈，仁爱的女牙医？

第二天，我早早地来到医院，那个女牙医也恰好走了进来，这时没有戴口罩的她，牙齿洁白，肌肤如雪，吹弹可破，素雅的她原来是那么的美丽。悬壶济世，妙手回春，这不就是小时候课本里的白衣天使吗？

我在想，春天是一个很容易宽恕别人的季节。

我躺了下去，她把我摇到她想要的高度，戴上口罩，拿起针管，向天空射出几滴麻药，接着她用棉花在我的牙龈上擦了擦。

她说，会有一点疼。

哪疼？哪都不疼，针头刺穿我的下巴都不疼。麻药虽一滴，可早已麻遍了我的全身。

她看着我，掰开了我的嘴巴，眼睛散发着睿智和坚定的光芒。她不停地说，嘴巴张大点。

拔牙的痛苦，就是不能跟漂亮的女医生搭讪。

牙挺，拔牙器，手术器械反复交替，棉花反复擦拭。她有一双灵活的双手，慢条斯理，不慌不忙。

疼吗？她关心问。

我向她眨了眨眼睛，她笑了，虽然戴着口罩，职业性的专注，可我还是感受到了她真挚的微笑。

这个手术她用了两个多小时，我无法感受到手术的难度，也许昨天的我有点冲动了。

最后的时刻，她右手拿起钳子，大腿小腿成九十度，我感受到她的内力、腿力、气沉丹田。左手固定我的脑袋，整个胳膊将我的脑袋紧紧地埋在她的胸里。

那一刻，她的胸就好像棉花糖一样柔软，我突然感到一股奇异感由丹田而发，犹如电流般充斥着全身。

我希望时间过得慢一点，慢一点，再慢一点。

突然，她右手一道弧线，带着一束鲜血从天空划过。

一整套手术动作，是那么的犀利。此时的我，丝毫未感到疼痛。

她松了一口气，往我的嘴里塞了一团棉花，说，咬住棉花，起来吧。

我站起身，看着她，她摘掉口罩，碧波伴清澈的眼神，洋溢着淡淡的温馨，嘴角的弧度似月牙般完美，我想，这就是天使的微笑吧。

她看了看我，不经意地说了一句令我崩溃的一句话。

她说，你照照镜子，看看有没有拔错？

我心里惊叫道，你要是给我拔错了，我灭了你们医院，心撕开一道裂缝，立刻起身拿起镜子，看了看，兴奋地叫道，没拔错，没拔错。

有一个传说，据说将自己的牙齿藏到枕头下，梦中所想的姑娘就会投怀送抱。

趁她为我写好病例的时候。我问道，这颗牙齿我可以带走吗？

她回答道，医院有规定，不能拿走。

我心想，这是什么规定？我的牙凭什么不能拿走？

我执意的说，这是我的牙，凭什么不能拿走？

她低着头继续写着病例，冷若冰霜地继续强调，医院有规定，就是不能拿走。

我目光庄重，神情严肃地说，你把规定给我拿出来？拿不出来，我今天就要拿走。我不仅要拿走，还要打包拿走。

她说，好，我去拿规定，你先去缴费。说完，递给了我一张缴费单。

我迅速跑下楼排队缴费，回来后气喘吁吁递给她缴费单，问道，规定呢？拿出来吧。

她摆摆手说，没有。

我说，那好吧，那我就把牙拿走了。

她回答道，丢了。

丢了？我瞪着和酒杯一样大的眼睛，愣在那里。

她看着我，眼神里带着"你奈我何"的冷漠。

突然麻药失效，我用舌头舔了舔，疼痛迅速袭遍了全身的每一个角落，浑身似乎被针刺一样。

之后连续几天我的腮帮肿起，扁桃体发炎，话也寥寥无几。

我打电话向父母报告，牙齿成功拔出，唯一迷惑的是，出钱拔牙，为什么我的牙齿却不能带走？天理何在？道义何在？正义何在？

老娘她一语道破天机。

她说，医院除了生孩子能把孩子带走，还能带走什么？我去年子宫肌瘤手术，瘤子带走了吗？你的静脉曲张，静脉带走了吗？你理了这么多年的头发，什么时候见你把头发拿回家？

电话挂后，我陷入了沉思。你的人生想要的却没得到，那么一定是你想要的想错了。

很久很久前，知道不知道

突然想起一首歌，初中很喜欢的一首歌，是张学友的那首《你知道不知道》。

于是，在音乐平台上搜索一下"知道"两个字。

出现了：

周蕙——不想让你知道

卫诗——宁愿你不知道

郭富城——难道你现在还不知道

张洪量——全世界只有你不知道

韩雪——你不会知道

杨韵禾——你不知道

文根英——我还不知道

张克帆——难道你现在还不知道

张学友——只有你不知道

郑伊健——我愿你知道

袁惟仁——不要说你不知道

邓丽君——你装作不知道

游鸿明——也许你不知道。

原来有这么多我不知道的。

那我知道什么呢？在很久很久以前，我知道罗尔定理，知道拉格朗日中值定理，知道洛必达法则，知道多元函数极限存在的充要条件，还知道二重积分中标量在直角与极坐标系中的转换。我背过《满江红》《出师表》《木兰诗》《虞美人》《将进酒》《长恨歌》《陋室铭》《滕王阁序》《水调歌头》《桃花源记》《黄鹤楼送孟浩然之广陵》《九月九日忆山东兄弟》。英语虽然不是很好，至少出国旅游时公共厕所还是能找到的。我知道化合反应，分解反应，歧化反应，氧化还原反应，有机反应，非膨胀功。我知道牛顿定律，相对论定律，量子力学定律。我研究过泡利不相容原理和洪特规则。我知道基因的分离定律，人工杂交，减数分裂，有性生殖过程实现的基因重组，我还知道如何让玉米受精。

　　我知道好多好多，不过现在，对很久很久以前知道的，我似乎都忘记了。对于不知道多久以后的以后，我是真的不知道。

2010

　　2010，真是一个不平淡的一年，我的领导被检察院带走了，具体为什么，我也不知道，但我知道一个星期前，他还在给我们开会，会议上他大概这么说的。

　　你们还年轻，虽然有激情，但是经验和工作能力不足，学习也不够主动，不够谦虚。公司不是我个人的企业。公司是一个载体，尊重每一个人，让每个人在载体发挥自己的作用，公司不行了，大家的经济效益也提高不起来。在企业发展的路上，大家有什么好的意见，好的想法，就提出来，不要有其他的顾虑。

　　大家不要注重小利益，要把目光放长远，购物卡，呵呵，没追求。要懂得放弃局部利益的观念，这才是能力。

辛苦钱是我先要的，是我先开的头，但我不是为我要的，我是为大家要的。想为兄弟们谋些福利，钱不要看得太重。

公司是一个团结的公司，人性化的公司，在管理上，大家不要说我小气，我是从农村走出来的，勤俭节约是我的本性。

上海一场大火，一幢 28 层的大楼烧成一座火的海洋，四个无证焊工破坏了国家安全，被抓了起来。

为此我深读 HSE 管理体系，HSE 管理体系指的是健康，安全和环境三位一体的管理理念，同时，我写了一篇关于"电焊工岗位 HSE 特别职责"，大概一万多字，给新上任的领导看，我说，HSE 并不是健康，安全，环境的直译，而是将领导和承诺为核心，以一种科学系统的管理方式来平衡三者的关系。

领导听了会心地笑了笑，夸我有想法，有思路。

会后，同事骂我写的是大狗屁，不就是焊接技术有证就行，无证就走人吗？

韩庚离开了 Super Junior，回国唱歌了。

世博会让我知道了各个国家的投影仪投得真是炫目刺眼。

王菲复出了，QQ 和 360 也打起来了，那和王菲复出有没有关系？应该是没关系。

看了孙燕姿的近照，感觉岁月真是一把无情的刻刀。对着镜子照了照，觉得自己变了，马淋冲说你是不是该补补了。

我报了《非诚勿扰》，不为找对象，只因为闫凤娇的解释有点牵强。

大Ｓ与京城阔少汪小菲闪婚，汪小菲是谁？百度一下就知道了。

很多以前喜欢的，现在觉得平淡了，相反当年平淡的，现在也不那么讨厌了。

比如，芙蓉姐姐。

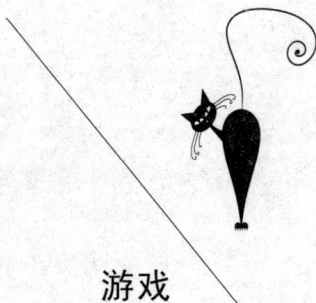

游戏

　　如今的网络游戏，魔兽争霸，传奇世界，三国无双，冰峰王座，跑跑卡丁车，奇迹世界……

　　我竟然一个也不会玩。

　　我的童年没有 WiFi，没手机，没电脑，只有萤火虫。

　　华仔买回一个 16 位的世嘉游戏机，插游戏卡的那种，说要带我们寻找童年的回忆。那些属于"80 后"无忧无虑的日子，是我们一生中最快乐的时光。

　　绿色兵团、冒险岛、松鼠大作战、沙龙曼蛇、魂斗罗、超级玛丽……

恍如昨日，依然记忆犹新，我们竟然玩的忘乎所以。华仔为了发必杀技，左手大拇指搓出了水泡。

华仔竖起两只大拇指，我竟然发现，他的大拇指一只长一只短，短的粗，长的细。他告诉我们，这都是小时候玩游戏搓出来的。

我也回想起我的游戏童年，任天堂的红白机。插在电视上带两个手柄，卡带是金黄色的。超级玛丽、魂斗罗、松鼠大作战是我翻来覆去玩的游戏。

游戏机是童年美好的回忆，可我从来不会上瘾。从来没有发生因玩游戏废寝忘食或者成绩下降的事。

首先，我的成绩没有任何的下降空间了。

其次，游戏过于简单，像超级玛丽这样的游戏，一百个金币或者一只假蘑菇换一条命。打通关是非常轻松的，而且最后还剩下许多条命。

之所以翻来覆去地玩，我只是想，关底不用扯国旗，直接跳过旗杆，然后闯进下一关。

可从来没有成功过，这也是我童年的遗憾。

再次，像魂斗罗这样的游戏，三条命第一关都过不去。上上下下、左右左右、ABAB。调出30条命是很轻松过关的，可又觉得这样的游戏既没挑战性又没什么营养。

初中时就比较流行大型游戏机。比立式空调还要大，手柄可以摇。名将、三国志、四剑客、街头霸王是最流行的游戏。

当时第一次见到这样的游戏机很新奇，因为它比较大嘛。一元钱四个游戏币，一个游戏币一局。我也试过用一毛钱的硬币代替游戏币往里投过，但没有成功。

刚玩那会儿，也不怎么会玩，只道使劲摇方向杆，使劲拍键盘。有时快死了，旁边的小孩也跟着着急。我说你也来一起玩吧。他迫不及待跟着上手，他摇方向杆，我拍键盘。

特别是三国志吃包子的时候，摇的游戏机轰隆隆地晃来晃去。最后老板都看不下去了，跑来骂我们，你们这帮小屁孩，是来打游戏机还是拆游戏机？

每次都和同学在期末考试之前玩，大家说这样可以减压。现在想想，纯属扯蛋，没有一次考好的。之所以考前感到有压力，本质上来说还是因为学的不够有底气，知识没有完全掌握，内心不安，玩游戏也没有任何作用。

刚开始流行街头霸王的时候，我比较喜欢用红人，红人的名字叫ken，ken 的超级必杀技叫升龙拳。手杆摇半圈重拳键会发出一种气功，同时嘴里会喊着三个字。

红人和白人的招数都是升龙拳，旋风脚和波动拳。他们师出同门，师傅是钢拳，师叔是豪鬼。当初在民间就一直流传，高手用白人，菜鸟用红人。

有一天，我默默地打着游戏，突然有个人投了一个游戏币选择与我对打，这是游戏厅里很普通的一件事。我用红人，他用白人。

我首发轻波动拳，他波动拳回击，我后续重波动拳追击，他继续波动拳回击。在他波动拳收招的瞬间，我再输入旋风腿指令，旋风腿中演化出来的断空腿简直就是神技一般的存在，接下来蹲轻腿，然后站起重拳，小升龙拳，红人的升龙拳会向前倾斜，便于成套连击动作。旋风腿逆向下轻脚，再继续两下重拳接小升龙，击出去的拳能从各种角度打出，最终以必杀技重升龙拳收尾。

简直堪称完美。

而他只能对着屏幕发呆。

我一个游戏币，单挑他一个小时。

真怕这样的男人，身边跟了许多小弟观战，技不如人，但还要面子。

他气势汹汹把我叫出去，出了游戏厅就对我使用了波动拳旋风腿，成套的连击动作，最后升龙拳将我必杀。

然后他对我说，以后别让我在这个游戏厅见到你。

我坐在地上，头低在两膝之间，用一直发抖的双手捂住眼睛，过了好半天，才缓缓地慢慢地移开。此刻，我觉得，一秒钟如度过了整个春夏秋冬一样，一连串泪水从我的脸上无声地流下来。

纯真与现实 pk，我的鼻子会流血。从那以后，我再也不敢去那个叫红黄蓝的游戏厅了。

大圣的金箍棒

音乐是凡间与天堂的桥梁，一首好听的歌，不需要用多么昂贵的乐器来伴奏，也不需要多么华丽的场所来衬托音乐的美妙。

听着莫文蔚的《忽然之间》，发现与此时的雨夜特别应景，一雨秋天凉似冬，稍冷，稍冷。

这首歌不那么杂噪，气息贯通，气音沿着口腔内部的中纵线穿透而出，赋予了天然的生命力和感染力。

多年前看到一句话，人生若只如初见，何事秋风悲画扇。

人生会有多少次相遇呢？曾经校园里的心动，羞涩，腼腆，不安分，毕业了都淹没在浮华遍地的都市里。不苛求能遇到一份刻骨铭心的爱情，只希望轻拥一份时光的理解与包容，在这淡淡的似水流年里，人生总有许多遗憾，我们可能做不到心如止水，波澜不惊。能做的只是把这些葱茏岁月看得平淡一些。

工作的十年，看过不同的风景，走过不同的季节，十年后回到校园，你会发现，在这里，依然忘不了是她曾留下的笑脸，清爽的头发，清澈的眼眸，还有那由内而外散发的清新自然的气息，活似森林中走出来的精灵。

说好的毕业了就相忘于江湖，却又总在路途转弯处重逢。重逢，肯定是因为过去还被未曾放下。

今天我才知道，微笑，是有重量的，十年后，依然在。

从走出校园的那天起，我们对未来充满了憧憬。那时候身怀懵懂无知，可毕业没几年，就现实地认识了这个世界，这个充满血腥的社会，优胜劣汰才是必然的选择，社会只有适者才能生存。为了成为适者，我们一点点被驱赶着，被压迫着。

依然清晰地记得，毕业前面试的自我介绍。

我叫 **，自动化专业，该专业是强电和弱电，计算机技术与电气控制技术交叉渗透的综合性学科。我的专业课包括数字电子技术、模拟电子技术、信号与线性系统、单片机。同时，我用两年的时间，辅修了第二学位，法律。专业课包括民法、宪法、刑法等法律基础知识。

其实当初选择自动化专业初衷也很简单。我出生在一个普通家庭，父母也是踏实勤劳的劳动者，他们为人善良，对人热情，乐于助人，邻里朋友也是有求必应。他们不懂城市人所谓的浪漫，只知道，朋友用心交，父母拿命孝。

我想，孩子的成长，与一个良好的家庭环境是息息相关的。

从小到大，在我的眼里，他们每天都一丝不苟的劳动，种着田地，春耕、夏忙、秋收。日出而作，日落而归。一天又一天，一年又一年，从来没有怠慢过。割麦子是个非常累人的活，弯着腰一干就是一天。无论他们一天多么疲惫，吃饭时的笑容永远是那么淳朴无瑕。那时候我才知道，碗里盛着的米饭才是他们真正的幸福。

自动化，就是利用机器自动地完成人类所需的工作。我不想天下所有父母太辛苦，这是我选择自动化的原因。

大学里，和同学策划并组织多个校内活动，结交到很多志同道合的朋友。劳逸结合，相得益彰，充实了大学四年的校园生活。我相信这些都会成为未来走入社会的经验和资本。

$$\begin{array}{{}{\oint_{s} D \cdot dA = Q - \{f,s\} \\ \oint_{s} B \cdot dA = 0 \\ \oint_{\{\theta as\}} E \cdot dl = -\frac{\{\theta \phi_{B,S}\}}{\{\theta t\}} \\ \oint_{\{\theta S\}} H \cdot dl = I_{\{f,s\}} + \frac{\{\theta \phi_{D,S}\}}{\{\theta t\}}}\end{array}$$

　　我是一个比较随和的人，性格开朗幽默，率性乐观。学习中我有良好的人际关系，乐于助人，是一个懂得站在别人的角度去考虑问题的人，朋友评价我是一个可以信赖的人。我相信自己能成为一个优秀的员工，在公司的未来发展及经营决策，贡献自己的力量，给公司带来更高的效率和更多的收益。

经过三次筛选，我得到了毕业的第一份工作，中国核工业的某公司。

心灵鸡汤说，兴趣比专业重要，很多年回头看，这是误区。其实，无论专业还是兴趣，都不重要，就业最重要。工作和谈恋爱不一样，是一个理性行为，一切认为"工作应该充满乐趣"的念头都是耍流氓。

该建于1964年，具有化工石油工程，电力工程，机电安装工程，房屋建筑工程等四个施工总承包一级资质。具有核工程，钢结构工程，起重设备安装工程，化工石油设备管道安装工程等四个专业承包一级资质，并有对外经济合作经营资格的国有施工企业。公司的主要业绩有，巴基斯坦恰希玛核电站，浙江秦山核电站，福清核电站，山东海洋核电站及浙江三门AP1000第三代核电站。

当然，我建的核电站不是很有名，那是因为还没有泄漏。

核电站分很多堆型，有压水堆，沸水堆，重水堆等。朝核危机，其焦点就是朝鲜核电站采用轻水堆还是重水堆，重水堆核电站在发电的同时还可以生产出可供研制核武器的钚，钚可由铀经过2次 ■ 衰变而产生。

核电站的原理就是铀原子核受到中子轰击，原子核会吸收一个中子分裂成两个原子核，同时释放中子，裂变释放的中子又去轰击铀再引起新的裂变。过程中释放热量，水受热产生蒸汽，蒸汽推动汽轮机，产生电。

朋友问有辐射吗？会变异吗？像蜘蛛侠那样吐丝，嘶、嘶、嘶。

我回答，有，不过轻微的辐射不会变成蜘蛛侠，可能会变成绿巨人。

毕业的学生谁不曾想拥有一个环境好，地段好，美女多，薪水高，年假多，不打卡的工作。每一天的上班都是一场风花雪月的故事。

我也这么想的，可是，梦毕竟是梦。

核电站的建造和运行多多少少会引起对周围环境的影响，所以，我的工作环境是，方圆三十里是看不到璀璨灯光的。生活和工作在一起，吃饭睡觉上班，三点一线不超过五百米。上班的确不打卡，因为没必要。

半个月放一天假，不上班你还能干什么？不加班你还能干什么？去荒郊野外抓野味吗？

美女就不说了，只要是女的也算是稀有动物了。

公司总部处于上海的金山石化，初次对金山石化的印象是韩寒《零下一度》里的一篇文章，里面说石化的海，水是灰的，泥是黑的，海滩奇硬。我想，文学创作，大部分是虚构及夸张。为此，我到了石化第二天就跑到海边求证。

站在堤坝前，放眼望去，的确，水是灰的，泥是黑的，海滩也奇硬，称之为海未免太牵强了。

什么是海？波涛汹涌一望无际，螃蟹讴歌，海鸥起舞，海浪敲击岸边的岩石，清爽潮湿带着淡淡的海腥味的海风，吹拂着人的头发和面颊，海水和天空合为一体。站在海边，心胸开阔，心旷神怡。让人把城市的嘈杂全都抛到九霄云外。

这才叫海。

石化的海算吗？这样的海张雨生能够唤回曾经的爱吗？能用我们的一生去等待吗？郑智化能卷起裤管光着脚丫踩在沙滩上吗？

沙滩上全是石头渣，踩上去哎哟，哎哟。

8 月的上海还是很热的，比东京还热，整个城市如同一个大蒸锅，哗啦啦地淌着汗。因为是石化工业区，无论走到哪里都能闻到聚氯乙烯不饱和芳香烃的味道。

公司安排的宿舍，和大学寝室一样，四人间，上面是床，下面是书桌。领导真是用心良苦，刚毕业就锻炼我们适应环境的能力及吃苦耐劳的毅力。年产值十几个亿的公司，一百台的空调也不买。躺在寝室里，好像自己是高压锅里的土鸡，流下的不是汗，像是掺杂着当归黄芪药香的浓汤。

上海的蚊子，是黑色的，还有白色的花纹。报道第一天的当天晚上，仅仅一条腿就咬了 37 个包。当时还没入职，就想辞职不干了，因为我从未受过这么糟心的罪。

第二天，公司给每个报道的人发了蚊帐和花露水。当天有些人刚刚来，还不知道怎么回事呢，当晚就被蚊子咬得发了疯，蚊帐裹在身上，满床打滚，指甲在皮肤上不停地摩擦，那种声音像一把刀刮玻璃的声音一样刺耳，恨不得血液里流的是六神花露水。

安妮宝贝说，每一个在深夜来到海边的人，灵魂都是脱去衣服的孩子。

深夜，我一个人来到海边，深夜的海与宇宙星空如此相像，比夜晚还黑的海也是海，毕竟，它看不到边际。

站在海边，用一双纯净的眼睛深邃地看着远方，这里没有蚊子，只有纯粹的海浪声。眺望什么呢？没人知道。

半个月的培训，刚觉得公司成为安身立命之所，我就被分到了内蒙古的项目去实习，同去的还有几个人。

恰好9月，一听内蒙古，我脑袋里浮现的是篝火晚会，烤羊，骑马，射箭，摔跤，羊奶酒，自由自在的牧民，呼伦贝尔的大草原上蓝天云卷云舒，心胸就会像草原一样广阔。

怀着对明天的希冀和憧憬，我们几个新人一路向北，来到了内蒙古的鄂尔多斯的大柳塔镇。3天3夜，坐了火车，汽车，马车才到的这里。鄂尔多斯，看了十几年的广告今天才知道"鄂尔多斯"原来是个地名，这里盛产羊毛。

真以为去了内蒙古哪里都是风吹草低见牛羊，而这里，放眼望去，一片苍莽浑厚的沙漠，人迹罕见。如果学奇门遁甲之术肯定能见到鬼。

国家投资 600 亿的重点创新型项目，在这里建设一个将煤炭转换成油的装置。煤变成石油，是祖国转变经济发展方式，调整经济结构，推进供给侧结构性的一次重拳改革。

这也标志着我国在能源战略方面迈出了实质性步伐，甚是欣慰。

因为领导说我们对社会和工作的认识还不够深刻，需要一个实习期进行自我调节和适应环境，为今后的职业生涯做好准备。

于是，根据专业我们被安排到班组跟班，指派一个工作经验丰富的老师傅，我们当学徒，还签订了师徒协议。

老师傅并不老，但是看起来比较老。

实习期的主要目的是，了解产业，掌握工艺，熟悉图纸，培养安全意识。我的工作是，给师傅递扳手，给师傅拿图纸，给师傅点烟，给师傅拉电缆，从 1 层拉到 4 层。基本都是体力活。后来，相继学习了氩电联焊，电弧焊，X 探伤等工艺，认识了无缝钢管，三通，四通，法兰，热电偶，流量计，压力表，液位计，闸阀，止回阀，蝶阀，膨胀螺栓，离心风机，压力变送器。

10 月领导来视察，并饱含深情地说，苟利国家生死以，岂因祸福避趋之。劳动人民你们辛苦了，你们就像采蜜糖的蜜蜂，盖新房的喜鹊。

你们是平凡的，但也是伟大的。你们用自己勤劳的双手，创造了我们今天的幸福生活。你们付出了青春，付出了汗水，让世界变得更加的美好。

我想，我就是国家建设的一颗螺丝钉，哪里需要就扭在哪里。

没有网络，没有电视，白天在工地里瞎溜达，晚上躺在床上看看书，没有物质和环境的影响，让我内心平静，这样简单的生活也未曾感到无聊无趣，真正的快乐源自于内心，我的确很快乐。

蓝天，白云，一望无垠的沙漠。

吃过饭的傍晚，几个伙伴去沙漠里挖沙子，踩沙子，扬沙子，光着身子从山丘上滚下来。站在沙丘上，远远望去，沙子在夕阳的映照下，闪闪发光。

据说玩沙子能促进大脑发育，我们玩沙子经常玩到天黑。月色如银的沙漠里，点起一堆篝火。我们围着篝火，瞳孔里闪烁着簇烈的火团，光明驱散了黑暗，温暖代替了寒冷。没有烤羊肉，没有套马杆的汉子，而我们有许多的故事。他的经过、你的停留，我的回味，享受这大漠孤烟的宁静带给我们的丝丝温馨。

12月份，时间就像我们脚下的沙子一样从缝隙里匆匆滑过，北方已经寒冷，鹅毛般的大雪，工人们已经停工。师傅躲在宿舍里，靠着暖气，喝着茶，吸着烟。他看着我，突然问了我一句，你多大了？我说23了。

23了？他长长地吐了一口烟，感叹道，年轻真好。

实习期结束，我们几个离开了沙漠，回到上海。

上海的冬天，真是降雨充沛，一个月也看不到太阳。北方的冷那是物理攻击，衣服穿多了自然就感觉不到冷。可上海的冷，简直就是魔法攻击，和衣服穿的多少丝毫没有关系。无论上班还是下班，穿着羽绒服都找不到一个暖和的空间，即使有空调，坐在办公室也要发抖取暖，回到宿舍躺在床上也要盖着棉被，总感觉棉被是湿漉漉的。

上海的同事问我，你们东北的冬天一定很冷吧，零下20几度呢，你也不应该怕冷啊？

我裹着棉被瑟瑟发抖，鼻孔甩了一条长长的鼻涕。

让我不理解的是，这么冷的房间，他哈哈大笑的顺手开起了电风扇，说热。

我看着屋顶上旋转的电风扇，想象着它一边旋转一边掉下来。

为什么南方人觉得北方人不怕冷？觉得北方冬天很冷。北方人觉得南方冬天不冷？南方人比我们怕冷。

真的是这样吗？

这个误会又唯心又臆造。在东北零下20度的冬天，标配就是短袖加羽绒服。而在上海，冷得让我想起了姥姥给我做的花棉裤，能穿的都穿上了，还冻出了关节炎。

南北之间还有很多的误会。

北方人是不是爱吃面食？

我们最爱吃的是大米，黑龙江是地球上最好的大米产地之一，因为黑龙江横跨五个积温带，雨水充沛，水资源丰富，有松花江，嫩江，土地肥沃，化肥用量少，无重金属污染，还特供。

东北人睡炕吧？

那是《乡村爱情》。

你说话不太像东北人？

黑龙江说话更接近中央人民广播电台的发音，仅次于北京。和小沈阳说话不一样，东北话多数指辽宁口音。你听我给你唱首歌，俺们那嘎都是东北人，俺们那嘎盛产高丽参，俺们那嘎猪肉炖粉条，俺们那嘎都是活雷锋。

你们那边热吗？

零下三十几度吧。

你们那边冷吗？

零上三十几度吧。

嗯？怎么会这样？

地理课应该都睡觉了吧。

你们那边有山吗？

你听过大兴安岭，小兴安岭吗？你听过东北虎吗？森林之王是老虎，上山打老虎，老虎是生活在山上的。所谓的东北平原是指松嫩平原和三江平原。你站在青藏高原黄土高坡，看中国哪里都是平原。

你们那边很乱吧？

还好，一个眼神不合就能打起来的那种。

你们对南方人有偏见吗？

在我们眼里，全中国除了东北，其他都是南方人。你在福建人眼里，也是北方人。偏见这东西，全世界都有。

听说东北人不爱洗澡？

东北百米之内必有一个澡堂子。

你会滑雪吗？

不会。

你们东北人不都是会滑雪吗？

你还姓段呢，你会不会一阳指和六脉神剑？

你们北方人为什么喜欢吃生的蔬菜？

黄瓜，西红柿，辣椒，白菜，胡萝卜，洋葱，这些蔬菜本来就可以生吃，对了，你昨天还吃了三文鱼蔬菜沙拉。

这是一个知识点，填鸭式的应试教育，只知道用含糖量高的饲料塞进鸭子嘴里，使其快速增肥，划水的能耐，永远不是我们关注的重点。

我想去哈尔滨玩，想看看冰雕，有什么想对我说的？

喝酒要和冰镇的，不要喝常温的。

公司的工程师根据不同的专业分了许多种，检验工程师，机械工程师，电气工程师，安装工程师，土建工程师，造价工程师，设计工程师，安全工程师。

我是安装工程师，也有一个好听的名字，大家都叫我胡工，感觉自己受尊敬了。我有个同事他姓吴，他就不那么想。

我主要负责电气仪表的安装施工管理，熟悉施工规范，验收标准，技术交底，图纸审查，质量检查，等等。

刚工作那时候我想我的工作是，每天和办公室的女同事聊聊娱乐八卦，和男同事聊聊时事政治，和领导聊聊心灵鸡汤。

可实际的我是，穿着劳保鞋戴着安全帽心怀钢铁般的意志穿梭在热火朝天的施工现场，上百辆工程机械紧张作业，挖掘机，推土机的轰鸣声震耳欲聋，重型卡车来回穿梭荡起滚滚烟尘，和逛蓝翔技校的感觉是一模一样的。

那段时间，我又知道了金属软管及接头，承插焊同心大小头，单头承插管接头，异径承插管接头，双头承插管接头，等径三通，异径三通，减压孔板，波纹管截止阀，球阀，背压式调节阀，手动蝶阀，旋启式止回阀……

我知道在铝合金的焊接过程中，注意焊前的清洁及氩气的保护，并采用合适的焊接变形控制方法，对提高铝合金的焊接质量是至关重要的。也知道管道在施工时必须采用氩弧打底焊接，不得采用手弧焊进行施工。

我的工程师论文名字叫《浅谈科里奥利质量流量计的安装与调试》，我一直思考一个问题，那就是无缝钢管到底有没有缝？

突然那么一天，我在工地里快乐的玩耍，想给领导做个双节棍，测量好钢管的切割尺寸，刚打开钢管切割机。突然领导过来告诉我，我被调走了，调到了商务部。

商务部的工作职责，开发市场，工程招投标，预结算，成本管理。在同事里眼里，市场部算个肥差，不用去工地里晒太阳，在办公室里算算图纸，是一个很舒服的工作。

公司里有句话，在市场部工作，会忽悠，情商高，能喝酒，酒量才是工作量。我看着天花板，怎么想也不明白，个人匹配度完全不吻合。我内向，不太爱说话，酒量也不好，一瓶啤酒就要去桌子底下打个盹。情商也比较低，哪个高情商的上班时间给领导做双节棍？

去了半个月才知道，自己原来就是个跑腿和算账的。跑腿到什么程度？一个文件才几百 KB，邮箱发送不到一秒钟。而我要往返开车 5 个小时，就是为了拿个 U 盘。对接人还神神秘秘的，文件放在了 U 盘里，U 盘放在了信封里，信封放在了一本书里，书的名字叫《人性的弱点》，书又放在档案袋里。

办公室里坐着十几个人，年龄的布局，一半人数刚工作，另一半属于还有几年就要退了休的那种，他们每天都在幻想着退隐江湖修身养性，例如种种菜，浇浇花，喂喂鸡，养养鱼。

而我们讨论着，一个家应该是什么样子？

什么样子呢？

我的家应该是那样子的。几十平方的使用面积，墙壁上挂着一幅寂静的田野，吊顶上的暖光照在上面，遥相呼应。布艺的沙发占了半个客厅，靠垫很高，躺在上面很软很软，电视放着粉红小猪，厨房里的锅咕噜噜的响，飘出来阵阵香气，天色渐渐地暗了下来，星点的灯光把这个城市映在玻璃上。我放下书，拉上了窗帘，走进了厨房，从后面抱住了她，感觉抱住了整个世界。

感觉很美好吧？几十平方的使用面积？3万一平的房价，想当年，先祖们抛头颅洒热血，为我们打下来楼面价超过两万的江山，估计他们也想不到吧。一套房子最少200万。再看看自己的工资条，40年不吃不喝，再去想吧。

和我搭伙过日子的，是个猛男，我们住在同一个公司宿舍。他的名字叫郭宝明。我们住一起的第一天，我就问他。

你认识郭敬明吗？

认识啊。

你看你的名字，就差了一个字，郭敬明这三个字名扬四海，妇孺皆知。光听这三个字，就感觉逼格特别高。你的名字怎么听都像街道办事处外聘社工的名字。

你的名字也一般般吧，胡平？然后他摆出不屑的样子。

我睡觉比较浅，宝明哥总爱说梦话，他的梦话是，"是不是你给共产党送的信？""这笔钱付过了啊？明天别忘了把付款申请表给我。"

宝明的女朋友，是那种很幽默的女孩子，一次去医院里看牙齿，有几个孕妇也在看牙，宝明的女朋友感叹道，你看，别的女人肚子里是孩子，而我的肚子里却是屎。

这是想结婚，想生孩子的暗示。

而宝明说，你何止肚子里是屎，脑袋里也是。

宝明的女朋友是如何爱上宝明的？这要追溯到很多很多年前，宝明的女朋友姓"解"，他俩是同学，宝明因为只要看到数理化的题目，脑袋都是一抽一抽的疼，一直到交卷，只会写个"解"。高中3年，把"解"练的特别漂亮。晚自习下课，宝明哥走到她的书桌前，在她旁边的草纸上，写了一个"解"字。这个字力透纸背还有那么稍许的风情万种。小解从他强劲的笔力就确信宝明是一个刚正不阿勇敢无畏的人，是一个值得托付终身的人。

他们相爱了，他们爱的天涯海角海誓山盟死去活来到最后却成了老死不相往来的陌生人。或许，许多人的爱情都是这样。

5年后，在饭店里，宝明向女朋友提出了分手。宝明说，我受够你了，连个正儿八经的爱好都没有，别人可以吹吹拉拉、弹弹唱唱、花花草草。和你在一起的这么多年，我很累，你每天不是困死了，累死了，饿死了，要么就是撑死了，疼死了，渴死了。你看你现在，每天就像一列火车，"狂吃、狂吃、狂吃……"，简直就是胖死了。

女朋友听了，伤心地哭了。

结果在场的所有人都以为宝明在求婚，感动地响起了雷鸣般地掌声。

太美的承诺因为太年轻。

也许，

那根本就不是爱情。

电影与减肥

　　电影，我先想起了小时候生活的那个小镇，小镇里有个电影院。现在的电影院，分了好几个功能厅，舒服的阻燃沙发，五声道的杜比音效，几十块钱的一张电影票。

　　我记忆里的电影院在那个时候建设规模也算大型公众娱乐设施了，能容纳一千多人，弹簧的实木椅，屏幕巨大，声音震撼，电影院外面都能听到周润发的枪声。

　　每年的三八妇女节的红旗手颁奖，五一劳动节的劳模表彰，六一儿童节的优秀少先队员颁奖，还有七一、八一，为了推进强国强军的伟大事业，武警官兵，公安消防，老师，学生，医生，都要在这个电影院里举行文艺会演，欢聚一堂诗朗诵，共唱鱼水情深。

我呢，从未领奖也不给别人颁奖，只是装扮成植物随着背景音乐蹦蹦跳跳。

我扮演的是仙人掌，导致我长大了很讨厌仙人掌这棵植物，每每见到仙人掌，我总想和它打一架。

依然记得那所电影院，一进门，就能看见四根水泥柱子，上面盘旋着一条被金粉粉刷过的龙，观看席分上下两层，重要领导及贵宾才能坐在二楼。妈妈说那电影院的岁数比我都大，20 世纪 60 年代建设的，小时候姥姥就带着孩子们来到这里看电影。

后来那个小镇被一场松花江的洪水淹没了，包括电影院，不过柱子现在依然笔挺耸立。

小时候生活的小镇娱乐很少，电视频道只有中央一台二台，没Internet，谁家要是有个录像机好像也算个挺奢侈的事。对我来说，最开心的就是看电影。一个星期能放两到三场，随着我的年龄增长，电影票是两毛钱，五毛钱，一直到洪水来了，才涨到一块钱，

一般电影会在晚上 6 点开始，下午 3 点就会放出公映牌子，上面介绍晚上公映的电影的名字和主演。4 点整，一个大喇叭开始广播："各

位观众，俱乐部今晚为您放映，香港彩色惊险武打枪杀格斗故事片，英雄本色，请大家准时收看。"

广播完了，就开始放那首《新鸳鸯蝴蝶梦》，黄安开始唱道："昨日像那东流水，离我远去不可留，今日乱我心，多烦忧，抽刀断水水更流……"

这首歌唱完了，大喇叭又开始念道："各位观众，俱乐部今晚为您放映，香港彩色惊险武打枪杀格斗故事片……"然后黄安又开始唱那首《新鸳鸯蝴蝶梦》。

神奇的是，六七年来这首歌从未换过，重复重复再重复。

电影6点开始，5点的时候，那些卖瓜子、花生、冰棍、汽水、冰糖葫芦、烤羊肉串的商户就开始摆摊了。

放的电影有挺多类型，港片居多，有英雄本色，黄飞鸿，方世玉，太极张三丰，唐伯虎点秋香，新龙门客栈，倩女幽魂，青蛇，妈妈再爱我一次，孔繁森，焦裕禄，还有好多印度爱情片。

我们不爱看，看不懂感情，大人爱看，我们这些小孩都喜欢在电影院里躲猫猫。有时候看到一半，电影屏幕看到了胶片被烧了的镜头，接着灯亮了，那就意味着我们要提前回家了。

现在的电影院，冬暖夏凉，不能吸烟，不能大声喧哗，中间出场还要说不好意思。舒服的沙发，立体坏绕音效。

我们那时候观影环境，看之前，要擦下椅子上很厚的一层灰，冬冷夏热，夏天拿着扇子，一边看一边扇，冬天基本就是一边看一边发抖取暖。

电影院里成年人总会因为一些琐事像电影里打打杀杀，无非就是把脚放在前排的椅子上，让旁边的人闻着脚气从而怒火攻心，要么就是把瓜子皮吐在前面的人身上。而我们小孩子疯疯闹闹，你抓我，我抓你，大喊大叫，电影结束了，我们也跑了一身汗。

我记得第一次看电影是和一个女孩子，她叫宝蛋。在中央大街的万达广场，属于完全友谊性的观影，因为我说除了和全校师生看过电影，没和任何人看过电影。她说人的第一次很重要，于是当晚就拉着我来了电影院，那场电影叫《加勒比海盗》，吃了好多爆米花，看完了电影又沿着中央大街走到了尚志大街又走到了西大直街，最后到了学府路，走了3个多小时才回到学校。

看来第一次真得很重要，现在依然记得。

我不太喜欢去电影院里看电影，主要是因为有快播，BitTorrent，没有你不能看的，只有你不想看的。网络里充斥着谩骂诋毁、伤害污蔑、尖酸刻薄。可唯独快播论坛四海升平，处处呈现一片祥瑞之气。流言止于智者，那里根本就没有流言蜚语。全部是楼主辛苦了，谢谢楼主，好人一生平安等等。留言评论都是谦虚礼貌，思想道德修养极高，人人都乐于以彼之长，补己之短。

第一次用快播看的电影叫《坏小子》，通过这部电影我认识了韩国导演金基德，接着又看了他执导的《撒玛利亚女孩》《圣殇》《莫比乌斯》，每一部都让我震撼。一般的电影关于人性的思考最多不过停留在某一具体的现实问题上，而他电影里刻画的人物，冷酷粗暴，直指人性深处，残酷的冷静之下又探讨着人性的自我救赎。

多年来，快播伴随着我的成长，有时通宵达旦，耗尽脑内生命物质。几百张电影票都无法媲美找到一颗种子带给我的快乐。但快播关闭了，几名高管被送上了法庭。

深夜里辗转不能入睡。还让人活吗？打开电脑输入熟悉的网址，结果显示我输入的域名不存在。换个网站结果还是我输入的域名不存在。

不存在……不存在……不存在……

我腰酸背痛，体倦乏力，多眠易困，头疼晕沉，找到了学软件的同学。我问他，P2P 技术，有罪吗？

他说，这个问题我无法回答你，但 P2P 技术我可以给你解释一下。具体是否有罪，你还是咨询法律专业同学吧。

于是我又找到了宝蛋，宝蛋自从与我看完电影后，每天不出门，看 18 个小时的书，读到了法律硕士。毕业后又用了一年的时间，还是每天不出门看 18 个小时的书，一年后通过了司法考试。又用了一年的时间，每天不出门看 18 个小时的书，考上了国家公务员，最后如愿以偿的成了某法院里的法官。

　　国徽悬在头上，法徽别在胸前，法袍穿在身上，法槌放在手上，让我敬佩不已的司法女神，为了理想能守得住寂寞，工作上也是日三省乎己，重名节，轻利欲，心随朗月高，志与秋霜洁。

　　不过等我给她打电话的时候，她刚刚辞掉了干了 4 年零 8 个月的法官工作还不到 3 天，跳到俞敏洪的新东方当了法务。

　　宝蛋为什么离职相比 P2P 技术是否有罪更让我有兴趣。因为她通过 4 次国家大考并且没有掺杂着任何背景关系，才得到这份职业。可这么轻易地放弃，我也着实想不通。

　　我不解地问宝蛋，你为了为民请命，守望法制的田野，实现中国梦的神圣使命，为什么就这么轻易地放弃了？

　　宝蛋说，每次判完案，败诉的一方在我家门口向我下跪，抱着我的腿号啕大哭的景象我永远无法忘记，这些年你知道我有多痛苦吗，每天睡觉都会梦见他们向我呐喊，向我哭诉，太煎熬了。佛说，放下才能得到解脱。当初公务员在我心里，就像是生命的一颗稻草，不肯放弃。而现在，困扰我们的，其实不是当下的生活，而是我们的心灵。还有，我怀孕了，这就是我辞职的理由。

　　你真是有情有义又勇敢的姑娘。我继续问道，P2P 技术是否有罪？

　　宝蛋说，P2P 技术我不懂，所以有罪无罪我无法定论。但是我用另一层意思给你解释P2P技术是否有罪无罪。在法律的定义中，有两个词语，一个叫"完全不能"，另一个叫"不能完全"，这是两个不同的意思。例如，"完全不能辨认自己行为能力的人"，这是白痴。"不能完全辨认自己行为能力的人"，这是智障。

白痴有罪，智障就无罪，白痴还是智障要看怎么定了。

童年里我最喜欢看的是国产武侠片，那时候的自己很向往神功盖世，蜻蜓点水，说飞就飞的神奇。自己也很是失望，为什么没有出生在古代，因为那时候的我认为留个长辫子的古代人，只要将辫子盘在脖子上，一蹾脚，就可以在天上飞。用一片树叶就可以杀死一只鸡。甚至更酷的是，手掌往前一推，嘴里喊一声"哈"，只见狂沙四起，十丈之外的一头牛，牛好奇的没等它开口问你这是要干什么就被拍死了。

另外一个，就是"点穴"这门神乎其技的绝技，让对方一动不动，肆意妄为，任人摆布。所以那时候我非常渴望自己有一身武艺，想有了武艺我就可以行走江湖，劫贫济富，扬恶除善，欺男霸女，鱼肉乡里，消灭五大星系外来侵略者，维护世界和平……

有一天，看到一个和尚化缘，我跑过去问道，师傅，师傅。
大师看着我，问道，什么事啊？小朋友。
我仰着充满求知欲的脸热切地问了一句，"大师，你会武功吗？"

大师摇摇头。然后说，少年，我看你骨骼清奇，根骨极佳，必是武学奇才，我这里有本书，今日与你有缘，就送你吧。

这本书的名字叫，《如来神掌》。

初入江湖，拜师不成，只好自我修炼。好的功夫都是童年练起的。练就轻功的武学秘诀，就是每天坚持从一根苗壮成长的小树苗身上反复跳跃一千次。等哪天小树苗变成参天大树了，轻功也就练成了。

于是，每天放学后，我都会跑到院子里反复跳跃那棵我新栽的小树苗，跳完了又浇水又松土又施肥，希望它快快长大。跳完小树苗又找了一座高高的墙，爬上去，"嗖"的一下跳下去。我当时这么想的，别轻功练成了，飞上房顶一恐高，傻在那却不知道怎么跳下来。

坚持了两个月，后来因为某个位置太疼，就果断放弃了。

我认为一部好的电影就像一所好的学校，电影里的主人公就像这所学校的老师。无论悲剧还是喜剧，在欣赏的同时被深深吸引，似是而非，恍如隔世，冥冥之中仿佛有根细韧的丝紧紧缠绕在心底。

2012年的《三大傻大闹宝莱坞》让我对印度电影充满了好感，同时又认识了印度国宝级演员阿米尔汗，《摔跤吧！爸爸》又是他的一部不可多得的上乘之作，豆瓣评分给出了9.2。

很喜欢印度电影中的大型歌舞，温情脉脉，绮丽的民族风情。而这部竟然把歌舞删掉了，感觉吃了印度咖喱牛肉，却不放咖喱一样。

阿米尔汗的电影主旋律题材基本建立在反对教育体制，反对宗教歧视，爱国，宣扬女权主义，反思战争，通过电影批判现实主义让人反思，从而推进社会的进步。与其说这是在回顾过去，不如说是在警示未来，通过电影向全世界输送印度人民的价值观。

《摔跤吧！爸爸》因为他是主演，还没看就好感倍增。这部电影又是他的一部探讨社会现象的佳作，突破传统思维束缚，为命运抗争的故事。看得令我激动澎湃，热血沸腾。看似父亲一个自私的想法，却表达了爱孩子最好的方式，就是给孩子面对世界的勇气。

可我更欣赏电影背后的故事，为了更好地诠释角色，塑造一个中年胖子。一个月的时间，阿米尔汗从138斤的美男子摇身一变成了体重194斤的胖大爷。因为角色需要，又花了整整五个月的时间疯狂减肥，最终又瘦到了144斤。导演让他先拍瘦的镜头再去拍胖的镜头，他不愿意，怕瘦不回去了。所以，先拍胖的镜头再回头拍瘦的。

肥胖，下丘脑的饱食中枢受到化学影响，让人感到无饱食感，不断地想吃，从而造成肥胖。这几年来工作繁忙，下班后令我放松的事情就是欣赏一部豆瓣评分高的电影，吃着鸭脖，啃着鸭爪，打开一罐雪碧。一日三餐，最丰盛的那一餐永远留在晚上，煎炸烧烤，火锅啤酒，我的体重从 130 斤上升到 150 斤。胖不要紧，可是脂肪都积存在肚子上。

10 公斤肉我是没概念的，我还特意去了趟菜市场，问师傅要了 10 公斤猪肉，放在手里端详了很久，然后说没带钱不要了。

这些年嘴上天天说着要减肥，可永远是行动上的矮子。一口气吃不成胖子，但每天总想着一口气瘦成一道闪电。

看着曾经的朋友们，竹青松瘦，矫若神龙，而现在的他们，肠肥脑满，福泰横生，重于泰山。

当然，也包括自己，我重于其他山。

受到这部电影的影响，看着自己的肚腩，掐了掐厚厚的脂肪。对着镜子说，我要瘦，目前 150 斤，目标瘦到 135 斤。于是我制定了 90 天 900 千米的运动计划。

在饮食方面，我没有刻意要求，依然是早餐和晚餐，中午香蕉苹果。我认为健康的减肥就是有氧运动，而非吃一些瘦身产品，跑步不仅能减少心脏血管疾病，还能使心情愉悦。

我工作的地方恰好紧邻瓯江，群山环抱着江水，虚无缥缈，若隐若现，置身其间，让人心旷神怡。江边有一条石材铺贴的跑道，每天晚上很多人在这里锻炼。每天下班，换上跑鞋，打开计步软件。万籁俱寂，幽幽江水，头顶的点点星光，泛起粼粼波光，夏日的凉风令每一根神经都感受到不可言喻的抚慰。

　　每天 10 千米，这样坚持了一个月。有氧运动促进体内脂肪消耗，会产生一定的二氧化碳和水，二氧化碳以气体的形式从体内排出。

　　听，轻轻地一声"噗"，清除了工作的劳累，洗净了污垢的灵魂，这声"噗"是世界上最纯净的声音，最真挚的声音，这声"噗"极其微弱的声音，震动了飞鸟，震动了河流，震动了大地。

　　伴随着每天的"噗噗噗"，我瘦了 5 斤。

　　我看着秤微微一笑，瘦，就这么简单。

　　在夜跑的路上，路过一个路边摊，总会见到一个瘦瘦的老人专心致志的炸着臭豆腐，每天七点左右，他骑着电动车，拉着煤气罐，一桶看上去不知什么牌子的大豆油，一锅又一锅的炸。

　　不知道为什么，我是一个迷恋臭味的人，比如猪大肠，臭豆腐。扑鼻而来的臭味，总是令我欲罢不能。

　　这一次我没有忍住自己的贪吃欲。

　　"你这臭豆腐是用大粪汁泡的吗？"我问道。

　　"不是。"老爷爷看了看我，眼神充满了鄙夷。

　　"那好，买 10 块吧。"

　　放一勺辣酱，几勺醋，清心寡欲的舌头，此时十分饥渴。

　　食物进入人体以后在消化系统中流通周期大概有 24 小时，食物经过消化吸收沉积下来的糟粕储存在大肠内，大肠内的糟粕刺激括约肌，从而令人产生了排便感。

我打开灯，看了看表，括约肌从夜里两点开始，连续被刺激10多个小时，汗珠从额头上往下滚，差不多连续一个星期，头重脚轻，两眼无神，觉得身体掏空。我一上秤，竟然瘦了5斤。这种瘦身方法虽然见效快，但毕竟是一个意外。

每天腹泻的碰到熟人连你好都不敢说，这种心情不想经历第二次。

一个星期后，腹泻痊愈，周末同事团建提议吃火锅，吃的是四川火锅，贪吃真是一种病。看着那翻滚的红油，花椒的骚动，饱满光滑的牛肉丸在里面沸腾。我不禁问服务员，"这油是地沟油吗？"她回复道，"不是。"眼神充满了鄙夷。

都说最好的修养不是明知故问，而是明知不问。在我看来，明知故问，明知不问都偏向于心机，最好的修养就是用最大的善意善待周围的一切事物。

我听了后欣喜若狂，一锅红艳，煮沸生活，凤髓龙肝都比不上眼前的牛肉丸，金针菇、毛肚。再喝上一杯冰镇啤酒，凉爽的触觉让口腔的温度顺势降了下来。

当天夜里，肚子像是被万根灼热的利刀刺着，一股绞心的疼痛遍布我的全身。霎时，我的肚子犹如有只魔鬼在作怪，翻江倒海。这一次我竟然对马桶产生了歉意，兄弟，你辛苦了。

就这样，又腹泻一个星期，我又瘦了5斤。

一想起拉肚子，想起了高中的一个同学，那年恰巧世界杯，很多同学都逃课看足球。中午吃完饭，他为了逃课对我们说，下午帮他请假，就说他拉痢疾。

我们一听，不解地问，痢疾是什么？他解释道，就是拉肚子。

大家听了哗然一片，竖起大拇指夸他好有学识啊，标新立异，突破现有知识的限制，在未知领域出奇制胜。

请假的那节课恰巧是生物课，老师听了拉痢疾后，大骂一句，别扯淡，让请假的那个同学把他找回来。当时我们很不解，后来才知道拉痢疾和拉肚子完全是两回事。

雨果是酸的还是甜的

　　还记得那年的春天，同学们申请 QQ 号码的热情，如原野上复苏的牧草，疯狂的席卷了校园的每个角落。带着几分好奇，我也得到了一串属于自己的数字。从此，在网络世界里，有了我的一片天空。

　　QQ 伴随我快 20 年了，可以聊天，可以语音，可以视频，可以截屏，可以传送文件。这几年来，诸多功能不断更新的 QQ，虽然每天都会登录，但只是工作交流，工作汇报，发送资料而已。伴随着 QQ 的成长，我已经拥有一个皇冠和两个太阳了。

曾经有过几百页聊天记录的人，如今却比陌生人还要陌生，心疲倦的不想在那上面多说一句话。生人可以变成熟人，可是熟人要变成了生人，就比生人还生分。企鹅是如此寂寞，而他孤独的也像一只狗。

QQ伴随着我们成长，企鹅渐渐地失去了笑脸。你还记得加的第一个好友是谁吗？你还记得第一个网名叫什么吗？无比怀念曾经QQ头像闪动时的心跳，那时候和一个不知年龄，不知性别，不知身在何处的人敞开心扉彻夜不眠的聊天，聊到手指抽筋，胳膊酸痛，天亮了还不忘和对方依依不舍的说，我们做个笔友吧。

不经意的瞬间，看起了QQ空间里的照片，看看那些年青涩的我们，桀骜不驯，春心萌动。又看看现在的我们，形成了强烈的对比，在时光的道路上，这么多朋友陪你肚子变胖，头发稀疏，肾脾空虚。

似水流年，感觉当年的缺陷逐渐圆满了，似乎孤独也变得温暖了。

20几岁，处于对未来充满着各种期望，但又对未来莫名的恐惧的阶段。那时候总想写点什么去表达些什么，自以为是的鲸饮吞海，笔尖横贯秋空，觉得自己就是灿烂的精神文明中孤独的花朵。

回过头来看才发现，没有真实感情，也没有忧伤的事情，自己却在那无病呻吟，装腔作势。

8年前，我出版了我人生的第一本处女作，那时我24岁。一晃32了，我一直认为，32 岁就是人生一道坎，李小龙 32 岁死的，黄家驹 32 岁死的，庞统也 32 岁死的。

所以我有些怕了，怕死怕得怕死了。打开电脑，双击 word，有许多想说的话，只有写下来才会令我踏实。也许老了，习惯的小五号字体，发现自己已经看不清了。

当年写作的缘由，只因为当时觉得自己格调高，从上到下散发着纯情，时常蹲在没有灯的厕所，安静地聆听蚊子嗡嗡作响，同时进行着一些哲学上的思考，思索着生命存在的意义是什么？觉得作为一个祸国殃民的文人，人的一生，只有一次，也许我这辈子，不为名利所惑，不被钱色所诱，不诱惑的前提可能是啥也没有。

在生命转瞬即逝的垂暮之年，回忆起自己 20 多岁时的点点滴滴，希望还能感动到自己。或者更在垂死之际，也可以对孩子说："孩儿，这是我为你打下的江山，你要收好。"

当年对我的第一本小说期望值甚高，很是希望写出一个构思严谨，线索分明，力透纸背，以女主人公的情感纠葛为主线，中间穿插各种错综复杂的关系，叙述着一段缘浅情深，人鬼终归殊途的爱情故事。

我相信这个故事让人读完了，就算带了伞，下雨天也仍然想被淋湿。

我绞尽脑汁，废寝忘食。早上 6 点起床，夜里 1 点钟睡觉，抱着键盘一天都不会离开寝室的那张桌子和电脑，想吃汉堡就让同学带上来个馒头，中间放两勺老干妈。渴了就喝一罐可乐，打个饱嗝，接着摸摸鼓鼓的肚子，觉得每一天都特别充实。

我的耳畔，总有一个老人家向我呐喊，"天降大任于斯人也，必先苦其心志，劳其筋骨，饿其体肤，空乏其身……"

4 年大好的青春年华，我就是这样在 word 上度过。

我曾以为的青春……

应该在呢喃着天真的教室里，她穿着百褶裙，肌肤如膏，美丽的眼睛就像两颗水晶葡萄，柔软饱满的红唇，微笑起来犹如太阳初升的阳光撒向大地。红鸾心动，我总想借各种机会靠近她，想与她喜结连理。

从她身边擦肩而过的时候，任凭心跳得厉害也会屏住呼吸，和她目光相遇时你也会很快的移开，不知所措。

终于有一天按捺不住自己的心，在食堂排队打饭的时候，抬起头昂起胸膛向她大步流星地走去，往她手里塞了一张纸条，然后低下头迅速跑开。

纸条上面写道，"这个星期日你有空吗？"

温暖的阳光穿梭于微隙的气息，二号教学楼 402 室，她依偎在你的肩膀，我给她讲述着关于量子理论的一个理想实验"薛定谔的猫"。

窗外的紫檀香味，弥漫在空气里，仿佛天地间一切空虚盈满。拉着她的手，相信这个纤绝尘陌的世界永远那么美。

我为她排队打热水，送到她寝室楼下，告诉她，一壶暖胃，一壶暖脚。我为她买各种苹果，告诉她，苹果味道甘甜，有止泻、通便、助消化的作用，经常吃可以使肌肤白嫩。下了课，我为她买猪肉大包，我一边看着她吃，一边用面巾纸擦下她嘴角流下的油。每周末半夜 12 点的操场，是我们一起吃榴莲的美好时光，榴莲代表着的留恋。代表着我对她的爱，我跪着壳，看她吃肉。

每个人的青春，未必都会拥有爱情，但都曾渴望过爱情。相信真情，相信一见钟情，相信有个人在时光的拐角处静静等候你。行走在人生的路上，我们笑着窗外花开花落，叶枯叶落，静观天外云卷云舒，风停风起，美好的时光在那云中映出最清晰的影子，永久烙印脑海中。

还记得那首歌吗？林依轮的《爱情鸟》，伴随了多少人的青春，百听不厌，就像歌里唱的那样"我爱的人已经飞走了，爱我的人她还没有来到，这只爱情鸟已经飞走了，我的爱情鸟她还没来到。"

我给青春的诠释是，有自己的梦，能吃，能喝，能跑，能跳，能睡，能说，能唱，能喊，能哭，能乐。上厕所忘了带纸，看看垃圾桶里的心相印，心里想了想，算了！

　　青春是糖，甜到忧伤，最重要的是，青春是没肥肉的，漂亮美女也是过眼烟云，永恒的永远是我们那只温暖的右手。

　　18 岁那年，有 3 件事令我很开心。

　　第一件，那年我来到一个从未生活过的城市。认识了在我生命中属于一个惊叹号的姑娘，她的名字叫大宝。就像那首诗一样"兰无香气鹤无声，那暇更护鸡窠雏"。看到她，我脸红，心跳，手抖，语无伦次。她不仅漂亮，而且拥有魔鬼般惹火的身材，头发长而飘逸的披在肩上，那双眼睛闪着令男人们为之疯狂的秋波，美丽的一塌糊涂。

对，她就是那么完美，完美的令人发指，看到她第一眼，我连我们的孩子的名字都想好了。

她一次又一次在我的梦里出现，我总想非礼她，掰断她的高跟鞋，在此时，总有一个声音萦绕。

放肆，本宫乃千金之躯，你敢对本宫无理，来人，将这贱奴拖出去杖毙。

第二件事，我认识了小马，小马是一个因为失恋，伤心的眼睛都哭肿了的人。认识他，我觉得失恋不再孤独，不再自私，仿佛看到了人世间的美好，人世间的善良源泉。

小马其实并不胖，只不过他听说，失恋需要大量的糖分，才能解除忧伤。每天都喝许多可口可乐弥补大量的脱氧核糖。

失恋是一种病，要治的。中医认为失恋是七情所伤，久伤困肾，肾藏精，为先天之本，化生天癸，损伤阳气，至阳气虚损，温煦失常，命门火衰而不能振奋。

失恋最好的治愈药是，安慰。

我安慰小马，小马啊，失恋并不可怕，可怕的是你从失恋中没有爬起来。失恋是一种力量，老天让她出现在你的生命里，绝不是巧合。既然失恋了，可能就是上辈子彼此欠对方一个人情，比如你把她的橡皮切成了八块，或者她把你骑的自行车扎了两个窟窿。若无相欠怎么会相遇呢？小马，遇人不淑也是一种修为，伤心过后就懂了，算不得什么坏事。

况且，你是个浪子，浪子。对于浪子来说，世上还有许多女人等着你去伤她们的心。

小马听了，仿佛又收到了大学录取通知书，满脸是甜蜜的微笑，活像一朵盛开的花，倦鸟归巢不要再说对不起终于找回迷失的自己。

第三件开心的事，就是在一个霓虹灯下，心底的孤独和叹息找不到存在意义的黑夜。一个透过玻璃门散发着粉红色灯光的理发店里，一个穿着露脐装、迷你超短裙、高过膝的长靴、妆画得很妖艳的女人一边给我洗头一边给我讲了关于人生的故事。

这个故事让我没经历痛苦，没经历残酷，没经历挫折。当头棒喝，点石成金。我就从意气用事、易焦躁、爱迟到、爱挑剔、爱抱怨的男孩蜕变成了举止得当、落落大方、精神焕发、懂得独立思考、不人云亦云、对人和事有自己的观察和判断、有主见的男人。

这个关于人生蜕变故事是这样的。

你穷过吗？

看你这么白，肯定没有。

我穷过。

你以为穷仅仅只是吃不上饭、穿不上衣、没地方住吗？

不是的。

　　我 4 岁就挑上箩筐，上山挖蕨根，爷爷奶奶爸爸妈妈弟弟妹妹 7 口人一吃数月，反复嚼，嚼很长时间，才能咽得下。我 8 岁那年下雨天房子漏水，爷爷上房顶上补窟窿一不小心从房顶上滑下来，摔死了。10 岁我才知道电灯泡是什么样子，不过那个时候奶奶的眼睛已经瞎了。爸爸有一晚在农场里偷了一箩筐核桃，被农场的狼狗发现了追着咬，慌忙地逃跑不小心从山上滚下来摔成重伤，没钱治病也死了。后来农场的场长作为补偿把那筐核桃给了我们家。我问场长，我爸爸好歹是一条人命，可不可以把那条狗给我们吃？

　　场长摇摇头，说，你爸爸的命不值。

　　爸爸死了没多久，妈妈上山去挖蕨根，从那以后再也没回来。有人说她和场长跑了，有人说她在山上迷路了。谁知道呢，反正我再也没看到她。

　　我带着弟弟妹妹，还有失明的奶奶，老鼠、癞蛤蟆，开水烫后去皮再煮着吃，靠着周边人的救济，没饿死勉强活了下来。我没上过学，也不认识字，15 岁那年我出来打工，啤酒厂、纺织厂、制衣厂、对了，复读机厂你知道吗？我也在那里打过工。我也忘了当时我多大了，有一天晚上加夜班，科长想非礼我，我抄起一把椅子砸向他，然后跑走了，后来听说椅子坏了，让我赔。

　　后来我离开辗转去了北京、天津、上海、广州多个大城市数年。在工厂上班，赚钱很辛苦，往往一赶工就没日没夜，每天都加班到 12 点，有时甚至是通宵。弟弟妹妹也要上学，我在工厂上班那点钱依然不够他们的学费。

后来我推销啤酒认识一个老板，我和他在一起两年，他虽然老点，但对我还不错，我想和他结婚，生孩子，安顿下来。结果他竟然有老婆，他老婆发现了我，带着全家人来打我，你看到我胸上这个疤痕了吗？就是她弟弟拿开水烫的。

后来我和那男人分开了，那个城市让我感到没温暖，没人情味，更没有人的关怀，我曾多次想自杀。

奶奶死了，我也回了一趟家，看到了弟弟和妹妹，他们还好，学习也不错，我也很欣慰。俺妹对我说，没有知识的人是受人瞧不起的，知识能改变命运。

我突然也有了想上学的想法。

那年我在一家酒吧当了坐台小姐，此前很多人劝我，这种地方去不得。恰好酒吧旁边有所大学，我当时想，坐台小姐可以晚上做，白天可以去学习，所以我就去报了名。

第一天上课，我问老师，我现在学习来得及吗？

老师对我说，少而好学，如日出之阳，壮而好学，如日中之光，老而好学，如秉烛之明。还有机会，现在努力也不晚。

你看，有知识的人说话就是不一样。

不过我讨厌那个老师，他看我的眼神总是带着贪婪和轻佻。

上学扩大了我的精神空间和思想容积。在学校，我认识了一个男孩子，他肤色白皙，干干净净，五官清秀中带着一抹俊俏，帅气中又带着一抹温柔。他追求我，玫瑰花，烛光晚餐，他很有才华，写了很多情书给我。第一次感受到被追求的幸福，我也一样的渴望爱情。

我好爱他，有了爱的感觉。

不过没想到他是个骗子，交往没多久，他就卷走我所有的积蓄，人也失踪了。那句话怎么说的了，流氓不可怕，就怕流氓有文化，我按照他的身份证地址找到了他家，没想到他的家比我还穷。

被自己欣赏的男人出卖，心痛。现在想想，他骗人的样子好真。我的心也死了。

我是不出台的，陪客人出台一次比我当一个月坐台小姐赚的钱还多，被骗之后我也身不由己。我曾想赚够钱就收手了，但是你觉得钱赚多少算多呢？弟弟妹妹也上了高中，学费有了，又想书费，生活费，住宿费。这些都有了呢？他们还要上大学，我还要为自己以后的生活做打算。

人常说贫穷是一笔财富，可在我看来，它是一种灾难。穷的时间久了，人会连起码的自信和尊严都没有。

现在的我只想踏实地生活，这个洗头房是我和我姐妹一起干的，就是洗洗头而已。两年了，来这里洗头的都是男人，很奇怪，女人不洗头吗？更奇怪的是，每个来洗头的男人都问我，不洗头可不可以？

一张张陌生的面孔，我感觉自己变得麻木，如同行尸走肉一般。

你的头发干枯分叉还没光泽，可能是你的皮脂腺分泌旺盛，严重堵塞了毛囊，我给你用用我们刚刚推出的护发素。

怎么有股洗洁精的味道？

怎么会，这是从美国刚刚空运过来的。对了，你有女朋友吗？你将来的志愿想做什么呢？有什么梦想？无论你做什么工作都是养家糊口的，人生就是如此。为了追求不现实的梦想浪费了时间和金钱。不过，人生就是浪费的。你要做能得到的梦想，做不到的梦只会令人伤心，没有答案的热情最后只能得到心痛。所以，世界上最愚蠢的事就是相思和暗恋。比起跟你喜欢的人在一起和喜欢你的人在一起，就不会那么痛苦那么伤心了。选可以做好的事，选能做好的事。失败了也不要找借口，借口让我们暂时逃避了困难和责任，只是获得了些许心理的安慰。美国格兰特纳说过这么一句话，说如果人有自己系鞋带的能力，就有上天摘星星的机会。所以失败了不要找借口，成功也不属于那些寻找借口的人。

记住，无论这个世界多冷漠，你也要去伪存真流沙成金。无论做什么，凡事都要拿出任凭风浪起，冷眼向汪洋的耐心，这才是一个真正的男人。

你说呢？

好了，洗完了，用吹干吗？

不用，多少钱？

300。

啊？洗个头要 300？

我用的可是从美国空运的护发素。

这时候，门口突然出现两个健壮如虎的男人，掐着腰，目光愤怒着注视着我，脖子上的金项链闪闪发光，其中一个人胳膊上的纹身，文了一双眼睛，远远看去，邪异狰狞，眼球射出的光像恶魔的长舌。

我看着小姐姐，仿佛看到了像个遥望未来的伟人一样在指点乾坤，令我激流暗涌，葬身海底。

我交了钱，心里默念道，300 洗一次头发，这节课，不贵。

曾经，

曾经蹲在地上观察蚂蚁搬家。曾经，在陌生人的后面踩他的影子。曾经，把洗衣粉放在水里吹泡泡。曾经，在电影院里放烟花。曾经，去田地里偷萝卜，虽然我不爱吃萝卜。曾经，偷偷跑到猪身后骑上去。曾经，用弹弓去打鸟窝，让小鸟无家可归。曾经，零下 30 度，去舌吻一块铁。曾经，去追赶一只鸡，希望把它赶下河。曾经，用石头去打水里游的鸭子，让鸭子在水面上凌波微步。曾经，在一只狗的尾巴上绑上一挂鞭炮。

曾经，偷偷地吸烟。曾经，偷偷地闯入太平间，怕得罪神灵，跪下磕了一个响头疯狂逃跑。曾经，在野外，漆黑的夜里点一堆火，就是想感受燃烧的温度。曾经，把壁虎的尾巴碾断，再用胶水给它粘上。曾经，在路灯下抓蝲蝲蛄。曾经，用一根火柴去点燃一盒火柴。曾经，把河里抓的蝌蚪放在井里，希望它长大了成为一只真正的井底之蛙。曾经，打扑克能喝下几十杯自来水。曾经，在厕所旁边采摘了许多优优，边摘边吃，长大了才知道它叫龙葵，不干不净吃了没病。曾经，吃了好多没熟的西红柿。曾经，把高粱米杆当甜杆去吃。曾经，躺在一车的黄豆里玩失踪，曾经，躺在雪地里晒冬日的太阳。曾经，稻田里抓青蛙，沟渠里挖泥鳅，光脚踩泥巴。

曾经……

曾经，是天底下最恶毒的诅咒。

我曾经，我也曾经。

只是曾经代表着过去拥有过，而现在不在拥有。

那年春天，随风摇曳的柳树，寒冬中磨炼过后迸发出了生命之美。校园里一到这个时候，六公寓长长的走廊里总会有燕子飞过，他们在屋顶的角落里筑巢。

学校，是诞生理想和希望的地方，是焕发生命中美丽情感的地方。

我想……

这是毕业离校前大家时不时探讨的话题，有人对我说。

我想去上海。

我想去北京。

我想去中石油。

我想去中石化。

我想去中核。

我想去中电。

我想去中铁。

我想去中建。

我想去中国移动。

我想考公务员。

我想做个好人。

我想带着一根烟，去浪迹天涯。

我想结婚，找一个名字里有静的女孩，她可能叫郭静、也许叫赵静、或许叫胡静、杨静。我突然发现很多至理名言都有"静"这个字，淡泊以明志，宁静以致远。树欲静而风不止。还有静脉曲张。

"静"这个字能滋润着我的身体和灵魂。

我想回家种地，大城市的人们利欲熏心，缺少人与人的情感。庄稼是我心中一直向往的桃花源，那里没有争吵、没有仇恨、没有嫉妒、没有虚荣、没有怨恨。鸟语花香，远离喧嚣杂吵且让人不得安宁的世界，让心灵回到记忆的最深处。

我想当一个作家，指点江山，激扬文字，诗画双绝，风流不羁，我出版的小说一个逗号都要一块钱，冒号两块钱，省略号六块钱，惊叹号七块钱，问号八块钱，破折号十块钱。不过毕业了我先求个稳定的工作，赚点小钱，然后再追求其他的个性化发展。

我想当一个导演，当初本想报考导演系，父母不同意，觉得我特不现实，说我没有艺术家的特质。我做梦都梦见自己筹备剧本，招募演员，化妆灯光。喊卡、卡到咽喉发炎。詹姆斯·卡梅隆还当过机械修理工呢，我学过工业自动化，我们有共同的经历，左手抓艺术，右手抓商业，一上映卖上个七八亿，应该可以。

我想继续在专业领域上深造，对于工科来说，脱离实践的学习都是肤浅的。毕业了我就去设计一套PID系统，去研发机器人如何互相交流，我五岁就会开拖拉机了，我觉得适合和机械在一起。

你为什么不说话？

小马坐在石头上发了一个小时的呆。

我们知道，小马的相思病又发作了。校园里的一切，一个垃圾桶都会令小马相思之情如幽影般牵牵绕绕。月光下的小马，仿佛化成了相思的幽灵，陷入了无限无边的离愁煎熬中。

　　我走过去，拍了拍小马的肩膀，问："你怎么了？"

　　小马点起一支烟，说："没怎么。"

　　"毕业之后想干什么？"

　　"我想在学校附近开个烧烤店，卖烤腰子。"

　　"舍不得离开这里？"

　　"嗯。"

　　"那你可以考研。"

　　小马沉默许久回答："考不上。"

　　"这里有什么值得你留恋的？"

　　"有。"

　　"是友情还是爱情，还是激情？"

　　"一个约定。"

　　"什么约定？"

　　"一起考研。"

　　"一边烤腰子一边考研？"

　　"嗯。"

　　月光如纱，退却了白日里的喧哗。远处华灯璀璨，校园里却幽香四溢，雄伟壮观的教学楼，丁香树，草坪上的雕塑。有种别人无法读懂的孤独与美丽。不远处的花丛，送来丝丝淡雅清香，馥幽着呼吸，充溢着心房，令我不由自主闭上眼睛，静静感受这醉人的时刻。

小马听了，深深地吸了一口烟，心里笼上一层愁云，袭过一阵揪心的疼痛。

这个世界，孤独的人很多，寂寞的人太多，空虚的人最多。相爱的人走到一起也没有几个，她爱你，你爱她，她不爱你她爱他，他不爱你爱的她，只爱爱着你的那个她。爱来爱去，还不是你选择了不爱你的那个她，爱着你的她选择了不爱你的她爱着的那个他。

所以说，无论是人，是妖，还是人妖，都难逃一个情字。

玫瑰花开的季节，心事滋滋的疯长，每一道光圈都有一个美丽动人的童话，面对这份让人困惑的朦胧。我的思绪像风铃般摇曳着，牵出了长长的经纬，在风中追逐。

青春的幽灵，你在哪里。

我在感受我的第一雨季。痴痴地，我已成为一道风景，在为你作永远的停留。

而你的视而不见，让我无聊又忧愁，痛苦袭上心头。

我期待雨季的天空下，我为你撑起那柄油纸伞，我期待雨季的天空下，你能邀我相伴而行。

曾几何时，幻想着心与心交融时那醉人的欢畅。曾几何时，幻想着你依偎在我身旁的甜蜜模样。曾几何时，幻想着牵起你的手做我的今生来世的新娘。

　　梦醒时分，遥远的记忆和声声断肠欲裂的呼唤，早已无所闻从，我把所有的痛楚，所有的悲伤，所有的失望，所有的凄凉都收进了希望的橱窗。

　　我已习惯了空虚的苦涩，习惯了在潮起潮落中把愈合的伤口再次碰撞。不去依恋红尘，用疲惫的汗水擦去往日尘埃。去追求，去探索，去跋涉，去寻觅属于自己的风铃。放开心灵，迈开脚步，展现于前的会是瑰丽人生。

　　青春，我们迷惘，彷徨，在岁月的宽恕下，成长却如期而至，回眸却已不知青春在转瞬间不见了。可是，天空依然有鸟飞过，所有的事情终究是有往后的。

　　当梦脱落了那身耀眼的衣裳，我们忽而想起，应把身上的足印埋藏，不再幻想那苍白而干涸的纸张。

　　11点，寝室熄灯，已经洗漱完毕。这个夜晚如此之静，对门的洗漱房里滴滴答答的水声在走廊里回响。

　　我似乎就要睡着了。

　　这时，小马突然起身，说："我还没有洗脸刷牙呢。"

　　"你也不是天天洗脸刷牙睡觉，还差这一天吗？"

　　"我每天晚上都洗脸刷牙睡觉。"

　　"你那天就没有洗脸刷牙睡觉。"

"哪天？"

"就是你脚崴的那天。"

小马想了想，拍了一下大腿说："对，就那天，我没有洗脸刷牙就睡觉。"

接着从床上跳下，拿起脸盆走了出去。

我听到水房里哗哗的放水声。

小马回来，水龙头又没关。

"水龙头怎么又没拧紧？"

"我忘了。"

小马放下脸盆，但他仍没有上床睡觉，而是在寝室里走来走去，嘴里哼哼着"千年走一回"。

"这么晚了，你不睡觉还折腾什么？"

"我想起来，前几天脚崴了，你不说还好，现在还有点疼。"

"那你上床休息呀？"

"不要，我还想上厕所。"

"那你去啊？"

"我手纸被别人借走了。"

"那你用我的手纸。"

"不用了，我等那小子一会送回来。"

"你的脚怎么崴的？"

"踢足球弄得。"

"那你应该小心点。"

"以后我不能踢足球，以我的个性，不是我受伤就是别人受伤。"

"就是踢个足球，你玩什么命？"

"不是的，我最讨厌别人带球过我。晃来晃去，我看不清，我又踢不到球。一着急就踢他。"

"你踢他？那你怎么受伤了？"

"人不犯人，我不犯我，人若犯人，我必犯我。明天把这个请假条带给导员。"

校园里放着我最近很喜欢的一首歌，我提前交卷出来，结束了我大学生涯最后一场考试。估计以后的人生，再也不会看到试卷这东西。

离"学生"这两个字渐行渐远，心里面突然有点缅怀在试卷写下姓名、学号、准考证号。

0304020728，是我的终身代号。而 0304020727，是小明的终身代号。

小明，性别男，爱好女。他床头的人生奋斗格言是，30 岁之前要赚一千万。当然，嫁给杨惠妍，出任 CEO 迅速达到人生巅峰也是他的理想。

小明是班长。应该说小明是我刚上大学第一个敞开心扉说话的人。至少我认为我和他的生活成长背景差不多。街头混混不能理解寒窗苦读的孩子坚信知识改变命运的心情，富家子弟不会理解收到双双下岗的父母送给自己一双球鞋作为生日礼物的快乐。

我们看问题观点差不多，彼此愿意倾听，同样是愿为理想付诸行动的人，所以我从医学伦理审视同性的角度分析，对他持认可的态度。

毕业前的几门考试，只要一门不及格，都影响毕业证学位证的发放。整整下半学期，大家都忙着参加各种各样的招聘会，丝毫不会关心学习。签订就业协议的，也是忙着跟学习丝毫不相干的事。例如我，看《哈利波特》《加勒比海盗》《指环王》《越狱》。美剧看完了看韩剧，《蓝色生死恋》《我的女孩》《冬季恋歌》《对不起我爱你》《澡堂老板家的男人们》《顺风妇产科》《巴黎恋人》《巴厘岛的故事》《爱在哈佛》《浪漫满屋》《我的名字叫金三顺》《豪杰春香》《魔女幼熙》。

人潮汹涌的街头，一场擦身而过，注定相遇的两人浓墨重彩地描绘着荡气回肠，凄美委婉的爱情故事。笑着笑着就哭了，哭着哭着又笑了。宋慧乔、韩彩英、河智苑、李多海、朴诗妍、韩佳仁，每个女主人公都会找到属于我的情感共鸣，唯有爱与包容不可被辜负。

梦里面为她们把枕头哭湿了几个，考试我也依然不会挂科。

小明在考试前的冲刺阶段主动提出和我一起学习并互相交流考点。

窗明夜静，一尘不染教室，我破例和一个男人一起自习，坐得很近。鸡和鸡精没多大的关系，也许别人不知道，但我们两个肯定知道，最后一科考试前的复习，遇到了一道题，我指着课本对小明说，这道题必考，而且分值很高，你注意复习一下。

小明笑着对我说，学习部长告诉他，这道题绝对不会考。

他是如此的坚定与从容，况且学习部长的话也一向很权威。

我不假思索的略过了这道题。

第二天最后一科考试的最后一道题，我指出的那道题意料之外地出现了，这道题 20 分。我的心理阴影面积达到了 2 的 n+1 次方。

我计算了前面答的分数，姑且能保证及格，这道题就空白交了答卷，不空着我还能怎么办？

回到寝室，我和小明说，怎么样？这道题考了吧？

小明一脸无辜地对我说，部长真坑爹，我也没答上。

这时，剧情的狗血转折点来了。学生部长拿着书踢开门跑了进来，对着小明狂叫道，怎么样，我说了吧，这道题必考吧，20 分，你今天必须请我吃饭。

部长指的那道题，就是恰恰我说的那道。

我默默地走出寝室，轻轻地关上门。心里面突然出现了 2 的 n+2 次方只羊驼在辽阔的大草原吃草，我策马扬鞭，像空中飞翔的小鸟一样轻飞迅疾。

脑袋里闪现电影常出现的镜头，咽气的时候，说了一句惊讶的台词。

我、我、我那么信任你，你、你、你竟然出卖我？

我，吸气抬头，将双手缓缓向上延伸，到头顶上合十，收紧臀部，左脚抬起，左腿与右腿垂直，保持这个动作 10 分钟。

10 分钟后依然无法释然。

单纯的快乐，容易破碎，曾以为花好月圆，只不过是宿命摆下一个尔虞我诈的局。

如今小明已经成为某企业中层干部，被派遣到伊拉克炼化石油。前两年，我脑袋坏掉了，给他打了个越洋长途，问他有没有赚到一千万。

我心里想的是，如果他赚到一千万，我就去选择原谅他，而且还会告诉他，我们的友情比钻石还要坚硬。

如果没有赚到，那就是不可饶恕的原谅。

之所以说脑袋坏掉，是后来我想了想，一个领导，赚了一千万怎么会说呢？

另外就是他此前已初露端倪，无法添加受信任的站点，自己是有眼如盲。

记得曾经一起上厕所，我没带够纸。

"你的手纸够吗？"我问。

"我的也不太够，那你先借我，我出去之后给你拿。"

我等啊等，等啊等。

我情不自禁的唱起了那首歌《你快回来》。

没有你，世界寸步难行，我困在原地，任回忆凝积。心中有个声音总在呼喊，你快回来……

有时候友情伤得会比爱情还深，人生路漫漫，不是所有的人都能成为朋友，不是所有的情感都值得去珍惜。时间，它会沉淀最美的感情，也会带走留不住的虚情，到了分岔路口，潇洒地就此别过，后会无期。

我们的专业叫自动化，4年前报考选择这个专业，可谁也不知道这个专业以后做什么。老师说，自动化专业是技术吃饭的"万金油"，它支撑起了整个现代化的世界，将人类从繁重的体力劳动，脑力劳动以及危险的工作环境中解放出来，提高了劳动生产率，增强了人类认识世界和改造世界的能力。

我们这个专业也流传着一个段子。

联合利华引进了一条香皂包装生产线，结果发现这条生产线有个缺陷，常常会有盒子里没装入香皂。他们请了自动化的博士设计一个方案来分拣空的香皂盒。博士拉起了一个十几人的科研攻关小组，综合采用了自动检测、信息处理、分析判断、自动控制，花费几十万成功解决了问题。每当生产线上有空香皂盒通过，两旁的探测器会检测到，并且驱动一只机械手把空皂盒推走。

中国南方有个乡镇企业也买了同样的生产线，老板发现这个问题后大为恼火，找了个小工来说，"把这个搞定，不然你就滚蛋。"

小工很快想出了办法，他花了 90 块钱在生产线旁边放了一台大功率电风扇猛吹，于是空皂盒都被吹走了。

发下了毕业证、学位证，意味着我们快要离开学校了。

最后的一次聚会，一个不算熟的同学随口问我工作签到了哪家单位。我告诉他一家央企。他听到后，眼神一下子就黯淡了下来。

我隐隐感觉到，有一种不甘、愤怒、不爽的情绪一下子在脸上铺开来了。我很早就懂得，这个世界上其实没有几个人希望别人过得比自己好，在此时，当这个人真正在你面前展露这一切的时候，还是颇让人心凉的。

离校前夕，我们彻夜喝酒唱歌，脸都水肿了，嗓子也沙哑了。恕哥与我在草坪上摔跤，说为了留下校园的美好回忆。我们看了周杰伦和张学友的演唱会。小马又带我们看了上海申花对重庆力帆的足球比赛，小马说真正懂足球的人连足球网有多少个孔都知道。

那些日子对我们来说，睡觉也是一件浪费光阴的事，各种告别仪式轮番上演，喝最后一瓶啤酒，聊最后一次人生，道最后一次珍重。或许，离别的时候，每一句话都是那么重，每一句话都显得那么珍贵。那年，我们觉得世界很小，一切离别都会再见。如今，各奔东西后才知道，也许一别就是一场后会无期的漫漫人生路。

文凭去了中石油,恕哥去干了和专业不相干的工作,证券。小马创业,以合伙人的形式开了一家自动化公司。我去了一个叫中国核工业的公司。

花季少男为什么会流浪街头?走投无路还是孤独无助?他出生在哪里?他的家在哪里?是伸出援助之手还是任其流浪?

一个个对未来世界的困惑,出走的青春,就这样开始了。

小马过河

　　小时候，老师问我们手指都有什么用。那时候我们回答，可以写作业、挠人、弹琴、吃饭、挖鼻孔。

　　手指的作用很多，现在还有更多的答案，例如照相的时候可以摆出个 V 造型，或许哪天欠了高利贷，我们可以将它剁掉去还债。

　　刚入大学的没几天，我结识一个男孩，他叫小马。那时他一件红上衣，白色的休闲裤，一双红白相间阿迪达斯的运动鞋，鼻子上架了一副方框眼镜。

他脸色红润，个子也很高，有点胖，肚子上的肉好似连绵起伏的山脉。用两个成语形容他再好不过了，"大胖若愚""韬光养膘"。

初见小马给我留下了很普通再普通不过的印象。

其实就是没有印象。

一般让我印象深刻的某个人，我连那个人的青春痘长在哪里都会记得。并且，下次再见到他，心里面还想着，你那颗青春痘已经熟了，怎么还没挤。

突然有那么一天，我看着寝室中睡觉的小马，我心里想，如果有一天我失去了小马这个朋友，就好比那根为了还债而被剁掉的手指头。

小马让我认识到，男人光有新鲜的外表和华丽的服饰是不够的。我曾以为的男人应该是不拘小节，豪放洒脱。而小马，平易近人，善解人意，体贴别人，待人接物落落大方。大行不顾细谨，大礼不拘小让，把握的也很有分寸。他与任何人在一起，时时刻刻都注意自己的言谈举止，从不肆无忌惮。

最重要的一点，他通过别人的一个眼神或者一句话，就能够仔细分辨别人的心情或者感受。有一次，我们走在马路上，身边忽然经过一辆大粪车，我驻足了5分钟，闭着眼睛，深深地呼吸，心里想着肥肠在油锅里快速翻滚。

中午转身食堂吃饭，小马就特意点了一盘干煸猪大肠。

人之相知，贵乎知心，岂在财貌呢？

那是我记忆中最好吃的一盘干煸猪大肠，虽然胆固醇高，但是夹起一块，用鼻子一嗅，觉得全身都浸透了圣洁的清香，五脏六腑有说不出的妙境，惬意极了。

第一口肥肠咽下的时候，我心里就对小马说，我们的友谊永远不会变质。

对于我来说，大学的学习生活并不是很快乐，那时候没有发生什么事情，自己内心的深处总会无缘无故涌起忧伤的波澜。可能那时自己仍没有从高考的失利走出来，感觉自己像是一个反正切函数，每天正在向渐近线靠拢。而且，一时间周围突然多了那么多陌生的面孔，让我有种不安全的恐惧感。让我觉得四周都是人却有一种无法交流的苍凉。他们五谷不分并且四体不勤，不是沉溺于网络游戏就是约各种类型的姑娘谈心。除了这些，对什么没兴趣。

在时光的道路上，每当我走进一个陌生的环境开始新的生活的时候，总会有一个不熟悉的面孔对我浅浅的微笑，那种微笑像一个久别10年后重逢的老朋友，像冬日里的温暖阳光，给我前进的力量，生活的信心，奋发的勇气，让我感到由衷的踏实。

然而那一年什么都没有感觉到，每天仅仅是孤独与沮丧伴随着我。晚上我都会想起高中睡在上铺的兄弟，想想我们当年的随心所欲，恣意妄为。

大一的整整一年，依赖着回忆过了一年，压抑的感觉自己像能量基态的新生蛋白质在构象空间里被压扁一样。

我的座右铭是，孤舟蓑笠翁，独钓寒江雪。

就这样在友情与爱情极度匮乏的情况下，加上昏睡的少男之心又蠢蠢欲动，我与小马相识。我们的相识经过是这样的，那时还没有属于我自己的电脑，我写了好几年的日记手稿不知道跑到哪里去了。我翻遍了寝室的每一个角落，甚至跑到厕所的垃圾桶里找。

小马当时在洗衣服，看到我方寸以乱、惊慌失措地翻着垃圾桶。

他主动问我，"你在找什么？"

"我在找一个日记本。"

"是红色的封面吗？"

"你知道它在哪？"我心生疑虑地问道。

他擦干了手，说，"你等着。"

他回到寝室，拿过来一个本子。还用手擦了擦上面的泥巴。

我惊讶道，正是我的日记本。

我不解，好奇地问道，"怎么会在你这里？"

刚才我在洗衣服，卫生管理员在旁边收拾垃圾桶，我无意看到她倒出来的东西，有一个日记本，显得很特别，我走过去捡了起来，看到里面写满了文字，我想这本日记应该对别人很重要，所以就留了下来。

从这件事开始，让我知道小马是一个通过表情就能分辨别人心情的人，同时感到了他对周边事物的细腻及善解人意。

从那以后，与小马擦身而过时，他总会对我微笑。每一次微笑在他的脸上绽开时，我都会感到分外的轻松和愉悦，微笑的确是传达情感最直接的方式，赠人玫瑰，手有余香。在他那坦率到近乎赤裸的目光中，我似乎看到一个尚未被任何虚伪污染过的本真世界。

与小马第一次面对面的交流是在三食堂，那碗馄饨我们吃了很久。小马是阿基米德的后代，他最喜欢的学科是物理，他认为，学好物理就等于拥有宇宙。我们为了玻色爱因斯坦冷凝态是否能实现争论起来。小马认为费米子具有相互排斥性，在低温时集聚时得到的能量不能占据同一量子态。而我用量子力学中的德布洛意关系反驳了他的观点。费米子运动速度越慢，其物质波的波长就越长。

小马一听，激动地往我的碗里夹了一个馄饨。同时说，多吃点，多吃点。

在我眼里，这不是一个馄饨，而是一个混沌。

当然，除了物理，我们共同兴趣不止这些。我们谈灵魂、心脏、眼睛、欲望、《儒林外史》。对了，还谈到千古奇书《葵花宝典》，秘籍记载，欲练此功，第一要义，必先自宫……

可谓指点江山，激扬文字。我们惊讶，除了大家志同道合，20几年来不同的人生，命运也竟然同病相怜、不谋而合。

7岁那年，我们一同唱着我们的祖国是花园，花园的花朵真鲜艳，一同扎上红领巾成了祖国的少年先锋队员。老师告诉我们，我们脖子上的红领巾和操场上的国旗，都是先辈们用鲜血染红的。

9岁那年为了研究马蜂窝的构造，用木棍去捅，我的耳朵被蜇了，他的脸被蜇了。这个故事告诉我们，其实动物和人一样，需要平等对待，不要随便摧毁他人的家园。

更巧的是12岁的那年，我们又学会了一首歌。少年儿童要使世界变得更加温暖，更加明亮。

这首歌叫《种太阳》。

我有一个美丽的愿望，长大以后能播种太阳。

播种一个，一个就够了。

会结出许多的许多的太阳。

所有回忆的画面，充满着温馨的情感，让我和小马沉浸在回忆不能自拔。22岁，我们的愿望依然是种太阳。

后来我们选择住在了一个寝室，经过一年的相识相知，不是兄弟，胜似兄弟，不是亲人，也胜似亲人。小马是生活委员，助人为乐，先人后己，不仅有天生的慧根，还有一颗仁慈的心。只要见到小马，我感觉到身体有大量的安多芬在释放。让我有一种与他相濡以沫的感觉。我们就像大海里的两只鱼，某日被海水冲到一个浅浅的水沟里，只能互相把自己嘴里的泡沫喂到对方的嘴里，才得以共生存。

电脑里的一张照片，是大一时和软件学院足球比赛的一张照片，那时的小马酥脆香甜，一朵含苞未放的红花少年，汗湿濡了的 T 恤，清秀的脸庞洋溢着健康的微笑。小马虽然胖，但也很健壮，高大的身躯，结实的双腿，隆起的健壮胸肌，还有魔性低沉的嗓音。足球场上的乘风驰骋，盘球过人灵活得宛若莲步轻移的瑶池仙子，整个人发出一种威震天下的王者之气。

我和小马一起去浴池洗澡，我为他擦背，近距离看到小马的身材，古铜色的皮肤，肌肉轮廓分明，腹部的第三块腹肌，狂野不拘，邪魅性感。他的屁股简直就像梦幻岛上的小精灵，又温馨又诱人。

小马的胃口也是相当的好。我发现胃口好的人性格一般都比较乐观率性，豁达洒脱，心宽自然就体胖。小马遇到高兴的事，会选择个餐馆和大家庆祝。不开心了，就一个人去吃顿丰盛的大餐。他的说法是，将痛苦溺死在食物中。

和我们这些亲密的兄弟一起吃饭，看不得我们浪费粮食。他是一个能把盘子最后剩下的一点菜汤倒在自己碗里的人，我剩下的半碗饭他也会丝毫不介意的吃下去。他说，谁知盘中餐，粒粒皆辛苦。

这句成为我们历代人听之入耳，读之顺口，简朴浅俗，凝重沉厚，诵之不绝的格言。可是又有几个人能做到呢？他不在意的这盘菜有多贵，在意的是有没有浪费。

时过三年，如今小马胖得已经不像照片里那样了，肚脐眼可以放进一个麻将，那个麻将叫红中。

我和小马去游泳，他站在池边，提了提泳裤，戴上泳镜，向后翻腾两周半转体一周半平沙落雁地跳下去，难度系数 3.0，旁边的女孩大叫一声"哎呀"，只见水花翻起两米高，接着又看到泳池的水哗啦啦地向岸边溢了出来。

我总结，如果将小马的腰与这大学3年生活联系起来。6个字来形容，很粗，真粗，太粗。根据牛顿的万有引力定律，任意两个质点通过连心线方向上的力相互吸引，该引力的大小与它们的质量乘积成正比。

因此，我觉得月亮都会为了小马改变轨道。

"今天是不是 11 月 11 号？"小马问。

"是的。"

"今天是光棍节，难怪我们今天会喝酒。"

"也不要这么定义，一心一意的爱，一生一世的情，今天是定情的好日子。"

"你们这些爱写诗的，说句话总是那么含蓄。定情？真可笑。"

不知何时，天空中飘落起纯白的冰晶，在微亮的空中，展开一副静谧和谐的飞雪漫天。

小马朝着窗外望去，说："冬天来了。"

"春天还会远吗？"

小马听了，笑了笑，"这首诗真土。你还记得去年什么时候下的雪吗？"

"不记得了。"

"我记得，每年的第一次下雪我都记得。"

"那说明不了你记忆力好，只能说明你是有第一次情结的人。"

小马听了，眉头深锁，此时的他像山一样的沉默，像海一样的深邃。

"是不是惦记远方的心上人了？"我问道。

"是的。"

"谁？"

"同学。"

"上了初中惦记小学同学，上了高中惦记初中同学，上了大学惦记高中同学，毕了业又惦记大学同学。"

"你错了，我惦记的是我小学同学。"

"小学同桌都是用来欺负的。"

"我们坐了3年的同桌，后来我发现没有欺负的人了，从而喜欢了她。"

"你的喜欢方式倒挺特别的。"

"你喜欢过某个人吗？"

"喜欢过，在不同的阶段，我都有喜欢的人。"

"说来听听。"

"上小学的时候，我喜欢美术老师。上初中的时候，我喜欢音乐老师。上高中的时候喜欢英语老师。上大学的时候，我喜欢了电脑硬盘里某位老师。"

小马听了我的话，脸上终于显露出释然的笑容，嘴角向上牵扯起温暖的弧度。

看到小马的笑，我似乎从他的微笑感受到了幸福。

"和你开玩笑呢。我喜欢爱笑的女孩，初中的时候，有个女孩，我们说的话并不多，但是她和我擦身而过的时候，总是对我笑，我也会对她笑，她笑起来总会有两个浅浅的酒窝，像盛开的桃花一样美，每一个表情牵动着我每一根的神经。"

"她笑什么？"

"我不知道。"

"可能她笑你比较蠢。"

"不会，她对着我笑了好些年。"

"那你是不是蠢了好些年？"

"怎么会。"

"你喜欢她什么呢？"

"喜欢她的笑，笑的多么纯粹，笑的多么阳光。我似懂懵懂的时候，看过一部日剧《东京爱情故事》，她的微笑总让我想起了那部电视剧里赤名莉香，任何男人都会为这样的微笑沉醉，这么多年至今都忘不了。"

"我也看过，那现在呢？"

"不知道，杳无音讯，我连她的名字都不知道。那时候我初中，比较害羞，不好意思问她的名字。"

"有些话，年轻的时候羞于启齿，等到张得开嘴时，已是人到中年，且远隔万重山水。"

"你这句话说得真好，等一下，我记下来。"

"这不是我说的。"

"谁说的？"

"我爸爸。"

窗外的雪花像小精灵，从天空中飘然而落。都说雪花是天空的心事，当心事很重的时候，天空就会飘起雪。

"你呢？你喜欢的人呢？"

"高中毕业，她家里就送她出国留学了。"

"什么学校？"

"艾利斯顿商学院。"

"这个学校在哪个国家？"

"英国。"

"英国是一个好国家，霍格沃兹魔法学院，我做梦都想去那所学校。"

小马听了，没有笑，而是眼睛向窗外望去，从他眺望眼神，我似乎看到了"遥远"两个字，遥远不是一种距离，而是一种决定。

"年少的好感可能源于一次敞开心扉的交谈，等你长大了就好了。"

"我现在还不大吗？"

"我说的长大不是身体的大。"

"那是指什么？"

"波涛汹涌。"

"嗯？什么？"

"你想到了什么？"

"大海。"

"……"

"你交往过女朋友吗？"

"没有。你呢？"

"我也是。"

"我爷爷像我这么大，孩子都四五个了。"

"你喜欢的人是什么样？"

"漂亮，眼睛大，个子高，皮肤白，头发长。她的美是让世间所有男人见了都绝望的那种美。"

"那你不绝望吗？"

"其实，我没想过她是什么样，但我一看到她，能让我感觉她是与我共度余生的人就够了。"

"只要我喜欢，我就想与她共度余生。"

"食堂卖包子的小姑娘，你喜欢那种吗？"

"不喜欢。"

"那你总去吃包子。"

"那是因为我爱吃包子。"

"噗。"

"你一天一瓶老干妈，我还说你爱上了陶华碧呢。"

"永远不会有人知道，你我这样的人活在世上，是多么寂寞……"

"为什么这么说？"

"貌似人只对一件事感兴趣，或者说只去习惯一件事，例如我钟爱老干妈，你钟爱吃包子。"

小马听了，他的脸立刻被悲伤笼罩着，空洞的眼睛，蒙了一层层的浓雾，像黑夜中再怎么样明亮的路灯也看不到前方的路。他拿起一杯酒一饮而尽，又点起了一支烟。

"我这辈子，可能找不到那种所谓的灵魂伴侣。"

"那你可以退而求其次，找个漂亮的好了。"

"这倒是一个很好的建议。"

"你觉得哪种类型的女孩才算是美女。"

"你这话我不知道怎么回答你。"

"怎么了？"

"我衡量一个美女时间轴特别长，如果一个美女 10 年的时间里，每次见到都觉得漂亮，那她在我心中才算是美女。最重要的一点是，她还要具有中国的传统美德，热爱大自然还能背诵《大悲咒》的那种，那就更完美了。"

"你的要求太高了。"

"上次我去看电影，我觉得那个卖电影票的女孩超可爱，粉嫩得似乎都要掐出水来了，对了，我还要了手机号码。"

"看不出来，你还会去搭讪？"

"明人不说暗话，我喜欢她。我嘘寒问暖地聊了半个月，很开心，后来我做了很蠢的一件事。"

"什么事？"

"我约了她去看电影，她就不理我了。"

"真想把这个酒瓶子砸在你脑袋上，你怎么不约卖包子的姑娘去吃包子？"

"如果是你，你怎么办？"

"我不会主动和美女搭讪的。"

"为什么？"

"搭讪，这样的方式结识异性，太轻浮，不纯粹。所以我不会去搭讪。一个美女，从小到大，被搭讪得太多了，多到就像每次电脑开机时弹出的广告，换成你，你烦不烦？"

"我问你个事？"

"说。"

"如果你喜欢的女孩告诉你，她怀孕了，你怎么办？"

"是谁的？"

"不是你的。"

"这个不应该问我怎么办，别人的娃我也不能决定他的生死。"

"既然这么问你了，肯定是孩子他爸不知道怎么办。"

"孩子他爸都不知道怎么办，要是我的意见，那就流了吧。"

小马的眼神，立刻呈现出令人战栗的哀伤。

"我立刻说道，我瞎说着玩的，毕竟是个生命，还是好好考虑吧。"

"你知道吗？今天她给我打电话，说她怀孕了。"

"谁？"

"艾利斯顿商学院，出国留学的那个。"

"如果留学不流产，是不是就觉得自己没留过学一样？"

"她不敢和父母说，男朋友也消失了，不知道怎么办。"

"男朋友呢？"

"英国人，找不到了。还有，英国流产是违法的，她英语又不好。"

"没有采取什么预防措施吗？"

"说是太急了。"

"急个屁，这点时间总是有的。"

"男的没什么经验。"

小马轻轻低下头，看着地上喝空了的酒瓶，姿势仿佛一首忧伤的歌。我意识到我的话刺激到了小马。我不知道如何去安慰小马，一个没有因爱受伤的人，安慰别人的话似乎也很苍白。

"她让我去英国找她，她想留下这个孩子。如果可以，让我做孩子的爸爸。"

"你接受了吗？"

"我还在考虑，她爸爸妈妈还算接受我的，这件事可以糊弄过去。"

"别闹了，你爸妈呢？等孩子一出生，中英混血，眼睛还是蓝色的，一到晚上眼睛发蓝光，多伤老人家心啊。"

"做英国人他爹不好吗？"

"你真像个男人，特爷们的那种。都说做不了有钱的男人，就得做一个善良的男人。做不了善良的男人，就做一个负责任的男人。你是又有钱又善良又有责任感。如果我是女人，我肯定会爱上你。"

"我订了 15 号去英国的机票。"

"去找她？"

"嗯，或许帮她一起把孩子留下。"

"我以为你是喜欢她，原来是爱她。"

爱与喜欢有些人总是想分的清清楚楚，其实，喜欢是淡淡的爱，爱是深深的喜欢，根本就分不清。

夜已深，皎月如钩，月光淡淡的照在大理石板铺成的街道上，街上已看不见什么人，我和小马默默地走在回学校的路上。

白酒，第一杯代表着粮食，第二杯代表着爱，第三杯，那就是意乱情迷。而对于小马，那是生命的苦杯。

小马脱掉外衣，尽显放荡不羁，身材伟岸。路灯下，整个人发出一种威震天下的王者之气。

男人在什么情况下会情不自禁的唱歌？同时还觉得自己唱得特好听。锄草的时候，或者洗澡的时候，也有酒喝多了去厕所的时候。

小马唱起张学友那首《遥远的她》，遥远的她，仿佛借风声跟我话，热情若无变，哪管她沧桑变化。

他唱得天长地久，我听得细水长流。

小马唱这首歌的时候，苹果肌仿佛抽搐一样，孤独的背影里透出一股落寂与悲凉。也许我们"80后"只能在歌里寻找一些人生观世界观，我也相信世界上每个人的心里都会有一首反复吟唱的歌。

小马转身，对我说，一个人走夜路，真是太孤单。

我说，我愿意每天和你一起走，一起抵御黑暗去寻找光明。

小马笑了笑。

冬天的寒冷，大街上人烟稀少，寂寥无声，脚踩着积雪发出的吱吱声衬托街道的冷清，残败零星的枯叶悬挂在枝头也尤为凄凉。

听说汉庭有水床的房间，我从来没有睡过水床，真想去睡睡看。

小马没有犹豫的说，走吧，我也想感受一下。

你说两个男人去睡水床会不会觉得怪？

不会，开个大床房才怪呢。

推开房间的门，眼前一个风格奢华的阔大空间，天花板上华丽的水晶吊灯，每个角度都折射出如梦似幻的斑斓彩光。华美的欧式桌椅，小巧精致吧台，都漆成纯白色，处处散发着浪漫气息。床边的桌子上都摆放着一个白色的瓷花瓶，花瓶里粉色的玫瑰柔美地盛开，与周围的优雅环境搭配得十分和谐。

　　是的，就这么奇怪，我们两个开了个大床房，因为，只有大床房才有水床。

　　小马说，我去洗澡。我点了点头，调暗了房间里的灯光。我烧了一壶水，泡了一壶茶，坐在橱窗前，窗外望去，漂亮的霓虹灯笼罩整个街道。夜晚的城市，竟也不输白天的繁华，反而多了一层美感。洗手间里，传来了小马哗哗洗澡的热水声。

　　这时小马走了出来，湿漉漉的头发低垂下来，遮住了眼睛，樱花般的唇色，唏嘘的胡渣子有一种涉世已久的尖锐和锋芒，房间里溢满了他的荷尔蒙。

　　我在想，如果我化为他头上的一颗水珠，滑进他的胸膛，该多好。

　　"小马，你的脸上有东西。"

　　"小马用手扫了扫，问，还有吗？"

　　"还有。"

　　"什么东西？

　　"你的脸上有我的目光。"

　　"这段子真老套。"小马不禁一笑。

　　"窗外的景色不错，我刚泡好的茶，要不要过来喝一杯？深夜的茶比酒更有味道。"

　　"好。"小马坐了下来。

　　"你喝酒的时候与喝茶的时候完全是两个人。"

"这话怎么说？"

"你喝酒的时候，像个流氓，你喝茶的时候，像个诗人。"

"那你欣赏哪个我？"

"喝茶的时候。"

"我给你讲个故事吧？"同时，给他倒满一杯茶。

"嗯。"

"佛经里有一个故事，说有一个和尚看见了一只鹰追一只鸽子。和尚救了那只鸽子，而鹰对那和尚说，你害了我，如果没有这只鸽子我会饿死的。和尚听了后就用刀从身上割下了一块和鸽子一样重的肉给了鹰。这个和尚就叫释迦牟尼，这个故事的名字叫舍生取义。"

"其实感情也是如此，像拔河一样，握紧了未必会赢，放手了，另一边也会受到伤害。"

"你看你，你用尽全力对她好，把她看的比自己还重要，有什么事情第一个就想到她。她怀孕了，孩子又不是你的，你担心。流不流你也担心，是不是宫外孕你也担心。你觉得爱是责任，觉得这是你的责任。对，你想的对。可是，这是你的想法，你的想法不代表她的想法，你扪心自问，你确定你是不求回报的喜欢她吗？若你一无所求，那你今晚为什么难过呢？别觉得你那么爱你伟大。你知道吗？也许她根本就不在乎你怎么为她付出。你的爱对她来说，只是负担。这种带着负担寻求你的短暂庇护只会让她以后更加想远离你。因为她不想亏欠你。你也别觉得别人没有你爱她爱得那么完美。只要你不是她要的那个人。无论你对她怎么好，她也不会领情。你为她喝下一盆洗脚水也不如人家为喜欢的人洗脚来的快乐。有的东西你再喜欢也不会属于你。有的东西你再留恋也注定要放弃。因为，那个位置根本就不是你。你也别纠结，很多时候我们纠结于会不会错过某个人，我也时常犯这种错误。现在想想，答案是，不用纠结，纠结也没什么用，在选择纠结的时候，我们就已经选择了错过。你猜被刻意选择的错过叫什么？叫路过。人生匆匆，很多人不需要再见，因为大家只是路过而已，遗忘了才是最好的纪念。"

小马听了我的话，没有说话，沉默无助地望着窗外，身体像一座被冷空气紧紧包围的一座磐石，寂寞孤独，饱尝着岁月袭来的沧桑，似乎可以一直呆坐到世界末日。

"还要喝一杯吗？"

"嗯，再来一杯，解酒。"小马拿起了茶杯。

我端起壶往里面倒，一直倒到水溢了出来。

小马被烫得立刻松开了手，茶杯落在桌子上。

"看到了吗？这个世界上没有什么事是放不下的，痛了，自然就放下了。"

"你是由于对钟情的人的爱意长期无法表达，从而导致理性、感性、智性与性的错乱。同时伴有点躁动，抑郁，癫狂，迷茫，失去理智。医学上称你这样的为精神感观歇斯底里毛细穿梭杆菌吐鲁西斯症候群。"

"这是病？"

"嗯，是病，没学问的叫相思病。你若是个男人，明天还是把去英国的机票退了吧。从今以后，撒尿都不要朝那个方向。不说了，我困了，睡觉吧。"

"你先睡，我还要一个人待一会。"

关了灯的房间里，格外的静，安静的没人理解你的心情，青春在枯萎，卸下了曾经的美，各有各的轻狂，各有各的忧伤，忧伤化作黑夜里的灰烟在房间里肆无忌惮的飘荡。

我放大了瞳孔看着小马，长睫低垂安静沉睡的小马像一只池塘里可爱的小青蛙。月色也极为眷顾他，月光从窗帘缝隙中轻柔流泻在他的侧脸上，投下一缕淡淡剪影。

我点起一支烟，不舍得睡觉。我爱上了这个寂静的夜，爱上了这张水床，只有自己知道，我并非贪恋寂静，而是这样的一个地方，能将我紧紧收藏，免我漂泊流离，免我无尽忧伤，许我一个地老天荒，可以自由地流浪。而我，一直都在寻找一个这样的人，听我诉说，慰他心伤，予我所依，经年不忘，因懂而怜，因怜而懂。

我很幸运，遇到了这么一个人。

静静的，我也睡着了，

我做了一个梦。

梦里面我与小马乘船出海游玩，突然遇到了风暴。船翻了，漂了3天3夜。我们漂到了一个荒无人烟的孤岛上。岛上没有水，也没有任何充饥的食物。而我即将奄奄一息，小马看到我，做出了一个决定，那就是他决定割下了他的半个屁股让我吃。

后来因为这个半个屁股，我得了救。

我泪眼模糊地惊醒，突然抓起身边的小马，使劲摇晃着他。

我把这个梦告诉了小马并对他说这个世界上还有很多比爱情更重要的东西，例如，例如我们柏拉图式的友情。

小马睡眼惺忪，没有理我。

我为小马裹紧了被子，抚摸他的胸膛，心里默念道，世界上有很多事物能吸引人的眼球，但能抓住你的心却不多，所以人这辈子尽力去追求能抓住你的心的东西。时间是药，有一天你就不会痛了。

透过窗外，我看到一丝沉沦。所有的浩劫，都是成长的祭奠。

2018

　　转眼间已经 2018，真希望像电影《夏洛特烦恼》里的剧情一样，突然惊醒，发现自己在数学课上睡着了。一觉醒来，原来自己在高中的教室里，一身的校服，睡觉的口水滴在书桌上，书桌上堆满了书，老师的粉笔在黑板上写着公式。

　　我告诉同桌，我做了一个好长好长的梦。

　　窗外的球场，阳光洒在我的脸上，一切都是那么熟悉，每一天都充满了希望。

　　读书的时候，最讨厌的是下课的铃声响了而没有下课，放学的时间到了而没有放学。下面一阵阵骚动，老师抬了抬眼镜，继续讲。

一宣布放学，所有人蜂拥而出，一边抱怨一边笑。那时候的夕阳总是很美，晚霞总是很红。

如果那个时候知道我以后再也不能拥有此种幸福的时光，我一定慢慢地走，让时间慢慢地过。

太多时候，我们都希望回到往昔，想着如果回到过去，自己该如何如何。那么现在自己又会怎样。

然而时间是一把狙击枪，记忆的子弹，下一发不知道谁上了膛，都是一场妄想的空谈。

只可惜这些再也回不去了，只能停留在记忆的深处，随着时间一点点的发酵。然后等到了哪一天，遇上了那么一些人，谈着那么一些事。想一想，说一说。最多也不过是再来一场话说当年。

如是而已。

不要太难过曾经失去了很多宝贵的东西，因为，以后会失去的更多。

2018 年，请对我好一点，多多关照。愿我们走出前半生，归来仍是少年。

或许，成长，就因为那么一瞬间。

　　初一的下半学期，我转学了，从遥远的黑龙江转到了湖北的仙桃市去读书，仙桃号称是体操之乡，培养出许多个世界冠军，有李小双、李大双、杨威、郑李辉、廖辉。

　　我所就读的那个学校叫三中，一到开学，很多学生家长都破头式的将自己的孩子送进这个班级。而我因为老师的亲属关系，轻松的进来了。

　　我是这个班级的第 117 个学生，班主任叫刘俊，他每天都叼着红塔山牌子的香烟。

　　报道的第一天，一个女孩子走到我面前，让我交作业。我看了看她，她穿着红衣服，一双水汪汪的大眼睛。只不过她右胳膊的袖子是空的，我问她，你是不是没有胳膊？她微微一笑，微笑似蓓蕾初绽，就好像这冬日的阳光，阳光中洋溢着沁人肺腑的芳香。后来才知道，她不残疾，只是手臂受伤了，藏在衣服里面。她的名字叫袁园。

　　我傻傻地坐在第一排，因为方言，老师讲课我听不懂，布置的作业我也不清楚，只能问会讲普通话的同学。

　　因为我怕自己受欺负，我问同桌，这个班级谁打架最厉害？他看看我，眼神充满了疑惑，疑惑什么？我也不清楚。他指了指我身后第4排的郭飞鹏。我回头打量了他。心里想，他绝对不是我的对手，因为他看上去很可爱，可爱的孩子是不会打架的。

　　后来我们成了很好的朋友，周末总去他家玩，郭飞鹏是我们班的班长，成绩优异，在班里个子最高。我也明白当初同桌为什么用疑惑的眼神看着我了。因为这个班级不爱打架，只爱学习。

　　我们的语文老师叫郭冬梅，一个刚参加工作的大学生，语文课讲的很枯燥，临下课之前，总是讲一个笑话来缓和这节课尴尬的气氛，笑话也没那么好笑。

　　班里有个女孩，叫边远，一双水汪汪的大眼睛，扎个马尾辫，每天看到她走进教室辫子摆来摆去，甚是可爱。

班里还有女孩，叫赵娜，每次看到我，她都会笑，嘴角微微上扬，酒窝清晰可见，那对酒窝，让人感到甜蜜和幸福。江山如画，笑靥如花，可能说的就是她吧。

那时候全面普及普通话，不羡慕英语说的好，羡慕普通话说的好。因为我是黑龙江来的，天生说的就是普通话，所以总是站起来朗读课文。一到下课，一群女孩子围过来，总是请教我普通话该怎么说？有的还问我，你们那里骂人怎么骂的？我说什么她们都觉得很陶醉。

有一次数学作业，有十几个学生被刘俊老师叫上了讲台，也包括我。我们站成一排，老师翻着一本本作业，念着分数，竹教鞭啪啪地打着手心。我心想，这是体罚，我是男人，我有尊严，我一定反抗。

然后看着大家都默默地接受了，我心想，算了。

我的理由很简单，人家98分都要挨打，我才50多分。

有一个男孩早课前借了一个女孩子的作业抄，刘俊老师刚进教室，有一个多管闲事的同学主动报告了老师。那个女孩子成绩优异，两个人被叫到讲台上打手板，老师没有留任何情面。我心想，那个多管闲事的同学真讨厌。

后来，只要有人抄作业，总有人去报告老师。我身在学校，可心在江湖。我心想，这个班级怎么这样？老师怎么不偏心？

那个叫袁园的女孩子不仅是班里的学习委员，还是我们的卫生小组组长，我们放学后一起值日，我们有说有笑，她还给我起了个外号，叫"大白菜"。

有一次晚自习，数学突袭考试，只是一个小测验而已，老师打乱了座次顺序，袁园坐在了我后面。有一道选择题我不会，空了下来，交卷之前，我回头看了一下袁园的卷子，填上了。可袁园交卷的时候，把我刚才看她卷子的事报告了老师，老师恶狠狠地看了我一眼。

那一刻，我终于明白了南北方教育的差距。在我的那个学校，学习好的同学给大家抄作业才值得人尊敬，不给的话还会被同学鄙视，老师永远只批评抄作业的人。而这里，学习越好的人，越不会把作业拿出来给别人抄，如果真那样做了，他们接受的处罚比任何人都要重。这个道理我们都懂，可我不明白的是，为什么这里每个人都和原来的不一样。

有一次体育课，打完篮球，踢完足球的同学去操场旁边的水池洗手，一边洗一边疯疯闹闹，有两个水龙头没有关。袁园看到了，从操场的那一边跑过来关掉了。

我学习成绩倒数，来到了这个优秀班级成绩依然倒数。不过我心态特别好，理所当然，因为我普通话说的好。

我和班主任楼对着楼，我的卧室在 4 楼，班主任家在 6 楼，只要我没关窗帘，他就能从客厅里能看到我在卧室里的一举一动。

期中考试，我倒数，没有罚跪，没有打手心。老师当着所有学生面儿指着我说，你每天晚上 8 点就关灯睡觉，我每天晚上批作业都批到 11 点。你是学生，我是老师，你睡的比我还早，你觉得这样合适吗？

从那以后，我明白了，为什么 100 多个的学生作业，答案对了，计算过程不对也会被他知道。原来每个人的作业，每道题的演算过程都是被他一一推敲验算过的。我们每天上交的一次作业，每一道题目，他要计算一百多次。

另外就是，我 8 点睡觉，我的老师批作业批到 11 点，突然令我很羞愧。

从那以后，我每天晚上认真学习，睡觉都是在老师关灯睡觉之后，只有我自己知道，我不是做样子。

因为刘老师，改变了我的学习观。

初二新开了一门物理课，物理老师是个小眼睛的女人，戴一副眼镜，显得她的眼睛更小了。她很和蔼，物理课我基本都在开小差。第一次月考，我考了 68 分。我被她叫到了办公室，她没有批评我。她问我，你知道你考了多少分吗？我摇摇头，她把卷子给我，我一看 68 分。我嘿嘿一笑，说，竟然及格了。我心里想的是，新开的学科，同学们总要有个适应期吧，及格已经很不错了。

她没有安慰我，而是对我说，你还好意思笑？及格了你很开心吧？你翻翻其他同学的卷子。于是我大概我从头翻到尾，我呆住了，都是

100分，个别的98分，最低的也就是95。我的分数简直是拖了班级的后腿。

　　我又一次羞愧了，我心想，南方的孩子怎么能这样？一个个跟神童似的？从那以后，我认真的学习物理，不是为了别的，就是别拖大家后腿就行了。

　　初三的英语老师，孩子失踪了，她一边流着眼泪一边给大家听写单词，早课结束后急匆匆地跑出去找孩子。那次听写的单词我背的最扎实。

　　初三的语文老师，不到30岁，头发就秃了。一到周末，就骑着破破的自行车流连于城市里的大街小巷的每个游戏厅，进去看到他认识的学生，揪着他的耳朵往出拽，然后用力一脚踢在他的屁股上。当然，我也是被他用力踢的其中一个。

　　韩寒说，我们都听过许多道理，可依然过不好这一生。可能是因为那些道理，并没有让我们那么感动。

那山那人和那狗

在通往项目部的必经小路，会路过一个餐馆的侧门，侧门旁边养着3只狗，这狗不是看家的，是供人吃的。

这个餐馆以农家菜为主，时不时炖上一锅狗肉。因为离办公室比较近，同事们偶尔会去那个餐馆聚聚餐，但从来没点过狗肉。不是大家善待人类的朋友，更不是中华文明的人文主义关怀，而是那狗长的太难看了。

其中两只狗是散养的，整天就是趴着睡觉，老板端出饭店残食，那残食最差也要几十块钱一盘，也没看过它们抬起头看一眼。另一只狗就不一样了，高大威猛，眼如铜铃，肢如金铁，背如虎踞弯弓，耳如利剑指天，黑暗中总是闪烁着一种神秘气质，该气质叫霸道。

名副其实的恶犬一只，还好关在了铁笼子里。

每天，无论我上班，还是下班，总是路过这个笼子，每次它见到我，都要跳起来，两只爪子趴在笼子上，张口一吼，一股腥气扑面而来，其牙如剔刀，舌似幡带，口中恶涎倒垂三尺，那架势恨不得将我噬其口下。

白天还好，不过晚上我基本都在 10 点左右下班，路上也没什么人了，独自一人路过的时候不注意，总是被它突如其来的恶吼吓得魂飞魄散。一年来，散养的狗总是有新面孔，可笼子里的狗依然是那一只，我总是在想，怎么还没有人吃了它？

时不时被它这样恐吓，我的小心肝总是扑通扑通的。

我问同事，平时你们路过的时候，笼子里的狗叫吗？

他们说不叫。

我说那只狗为什么总是向我叫？

他们笑一笑。

于是，脑袋里十万个为什么不思其解。

我泡了你女朋友？

我身上有味道？你不喜欢？

我对你有攻击性？你自我保护？

只因为我在人群中多看了你一眼？觉得我蔑视你了？

是不是觉得我怕你？觉得每天背着书包上班下班可爱善良的我好欺负？

我从来没招惹过你，你对陌生人有警惕性是你的本性，可我每天从你身边经过，虽然没打过招呼，这一年多下来，也算是最熟悉的陌生人了。

我没养过狗，所以不太熟悉狗的脾气秉性。但我怕狗，小时候外婆家的狗，妈妈让我把骨头拿给它，它都吼我。

还有邻居家院子里的狗，邻居让我去他家打魂斗罗，吓得我一整天都要在那儿陪他打游戏，一上午我都不敢出去撒尿，他没说结束，我都不敢说回家。因为没有人给我看狗。

据说越怕狗的人，狗就越凶。狗能够感知人的气场，它看得出你是怕它，或是喜欢它。你越怕，越躲，狗越容易冲你吠叫。

突然有那么一天，我还是很晚下班，天空飘着小雨，静谧的小巷可以听到自己脚步声。我低着头捣鼓着手机，同事推荐我一个app，叫抖音，很有意思。

我走到笼子旁边，突然那只恶狗冲了出来，这只狗怎么出来了？我还没反应过来，它早已经撕咬着我的小腿。应激反应使我向后退，它目光凶狠，口吻深裂，贪婪凶残地咬住我不放。往后退了两步，大腿使劲一抖，挣脱开了。

我屏住呼吸，一动也不敢动。只听到自己的心怦怦地剧烈地跳动，额头上冒着豆大的汗珠。双腿发软，就连平时看来很温暖的东西现在好像也变成了魔鬼，狞笑地看着我。

原来恶狗被铁链拴在了笼子外面，链子有 1 米多长。我检查自己小腿，看看有没有伤口，我想起了崔始源事件，打完狂犬疫苗还是可能会死的。

还好穿得厚，牛仔裤被咬了一个窟窿。我看着它，它看着我，两只眼睛里迸发出幽幽的凶光。前腿向前伸出，摆出一副向下俯冲的架势，龇了龇锋利的尖牙。

它仿佛在说，来啊，来啊，要是没有链子拴住我，我咬死你。

我说，嗨，哥们，有本事你别走，等着。

我转身回到办公室的停车场，把车打着，掉个头从巷子口开了出来，开启了远光灯，正对着狗，油门加速，快速地向恶狗开去。它四脚着地，眼睛的凶光被远光灯照得无影无踪，立着的耳朵渐渐搭怂了下来，仿佛知道了自己生命的倒计时。

我开到它面前，突然踩住刹车，它吓得四只狗腿往后退了两步。我看着它，它看着我。我缓缓地又往前开，它缓缓地又往后退了两步。

我继续往前开，因为链子的长度，它无路可退，链子与我车身成 45

度角，恶狗的脑袋被链子拽住，紧紧地贴在我的车头，身子向外挣扎。这时，我向它狂按一阵阵喇叭。

我心里想，让你让你闻一闻男子汉的味道。

恶狗一定是天蝎座的，两眼带刀不肯求饶，继续向我狂叫，我也继续用喇叭回复它。

我又将车慢慢地向前一点点，因为链子将恶狗的脖子紧紧的卡住，它动弹不得，渐渐地它不叫了，伸出舌头，呼吸急促。如果刚才是子弹与钢牙的对峙，那现在就是一场獠牙与獠牙的战争。

它，声嘶力竭地想挣脱，又耗光了所有的力气摊在那里。它不再那么狂野，也不再那么高傲。

我呼吸顺畅，有车真好，我修的是大道，以天下苍生为念。周围的空气似乎也变得随和起来。

从此以后，每次经过，那只狗再也没向我叫过，而且，看都不看我。

这，

就对了。这个世界很温暖，但也很薄凉。

我想起了一件关于成长的往事。那个我曾生活过的小镇，初一离开了那里，初三又回来参加中考的前两个月。

那个学校，有一个比我小一届的男生，我只是知道他的名字，与他完全没有任何交集，没和他说过一句话。奇怪的是，在学校里，只要遇到他，他总是对我言语挑衅。

早上背书包上学，他在走廊碰见我，说，傻子，你来了。然后嘿嘿一笑，他的脸笑起来如此欠揍。

我没吭声，看了看他，控制好情绪没有做出回应。张无忌说过，他强由他强，清风拂山冈，他横由他横，明月照大江，我自一口真气足。

课间上厕所，他看到我说，傻子，尿尿呢？

我控制好情绪，没有看他，没有反唇相讥。我在想，每一个在你生命里出现的人，都有他的原因和使命。没必要和他纠缠在一起，因为我读过很多心灵鸡汤。

鸡汤的名字叫《狮子与疯狗》。

一天，雄狮带着儿子在森林中散步，突然看见对面来了条疯狗，雄狮赶紧带着儿子躲闪到一边，小狮子大惑不解，问道，爸爸，你敢和最强壮的老虎、猎豹争雄，为何躲避一条瘦弱不堪的疯狗？雄狮问儿子，孩子，打败一条疯狗光荣吗？小狮子摇摇头。让疯狗咬一口倒霉不？小狮子点点头。既然如此，为什么去招惹一条疯狗？不是什么人都配做你的对手，不要与那些没有素质的人较劲，微微一笑远离他，不要让他咬到你。

断断续续的 1 个多月，天天见到我就叫我傻子，叫得我真以为自己是傻子了。人若犯我，礼让三分，人若多次犯我，是不是应该斩草除根了？

一个字，打。

如何打，怎么打？首先，我建立原生模型，拆分差异化，计算他的战斗力，例如防御，攻击，生命力等，伤害值等于攻击减去防御。

根据双方属性，一对一对垒，我爆发力强，但是他防御扩展后，受击变攻击，攻击和防御的价值不对等。

计算结果是，我打不过他。

这个时候，就需要提升生命和防御才能等同于攻击效果。虽然离开3年，但我的根基尚在，我找了班里的最高最壮的同学，告诉他，你先看着，别动手，如果我打不过他，你再上。

我站在走廊背靠着墙，等他路过。

他来了，远远看到我，又笑了，眼角略带一些嘲弄。他的脸笑起来还是如此欠揍。

他来到我身边，我露出一抹冰冷的笑意，没等他开口，握紧了的右拳快不及眼地打在他的右脸上，一拳又一拳，拳拳打在他的右脸，他步步后退。待他反击扑倒我的时候，我的帮手走过来狠狠地一脚踹在了他的大腿上，他倒在地，滚了两圈后又站了起来。

这时候，很多人拉开了我们。

他看着我，右脸留下了青青紫紫的瘀痕，鼻血涌出，嘴角鲜血蜿蜒。黄色的T恤溅上了星星点点的鲜血，让人看了触目惊心。

打人不打脸，这是一个摧毁尊严的问题。

我就是要摧毁他的尊严，最好再留下点后遗症，让他以后每个月的这一天，他的鼻子都会流血。

丛林法则里说，如果蛇咬了踩在他身上的人，以后就再也没有人敢踩蛇了。

从那以后，他再也不骂我傻子了。

这样多好，我也觉得我聪明了许多。

以德报怨，何如？子曰：何以报德？以直报怨，以德报德。

我觉得于丹老师解读的特别好，我们要把有限的情感，公正的心，率直的言语，磊落的态度，回馈那些同样对你的人。避免心灵的荒芜和自身生命能量的浪费。

我记得电影《东京审判》梅汝璈的一句话特别好。

他说：

佛学我知之甚少，但我非常尊敬佛学，小时候我就从我父母那学到，佛鼓励世人多行善，少作恶。佛教除了扬善，还有惩恶。佛家说来世再报。那今生的恶行谁来惩罚？精神的期待不能左右现实中发生的种种不堪的丑陋和人性践踏，我不怀疑佛的力量，但我怀疑人是否都能在佛的指引下走向光明。

若不以直报怨，以德报德的处世态度，那东京审判就不会对第二次世界大战的甲级战犯绳之以法。

　　中国自古有"谦谦君子"之说，儒家的礼教几千年来把中国人的基因图谱绘制得循规蹈矩。中国式教育中的谦让精神，总是有一种过度用力的感觉。

　　我觉得适度谦让是有礼貌，过分谦让就是无能和懦弱。而我，只想做一个好相处但不好欺负的人。

　　或许，许多人的成长，就因为那么一瞬。

有梦想，未来更美好。

　　我是一个挺懒的人，职场上不太爱跳槽。差不多毕业后第九个年头，我才选择了第二次跳槽。

　　虽然我不太勤于跳槽，但我还是很爱参加面试的。一年下来，总会参加那么两三场值得去参加的面试。

　　面试，应该算是刷存在感吧，除了体会到被认可的感觉，判断自己的社会价值以外，也可以通过相互交流，知道自己目前的状态哪些方面还需提升，同时也可以了解对方公司的企业文化，它吸不吸引你？那个面试你的领导有没有感召力？值不值得去追随？等等。

我记得有一次面试的企业是越秀地产，一个成功女副总，带着一个男下属。有些女领导有一个共性问题，就是为了表现出巾帼不让须眉，处理问题总爱标榜出威严和气势，用处理家务事的方法处理工作，情绪化也特别严重。

女领导连续问我三个土建专业问题，地下结构及粗装修多少钱一平方米？土方外运多少钱一立方？桩基工程多少钱一米？

我的回答是，不知道，不知道，不知道。

其实是真的不知道，因为我不是土建专业，也没有接触过。

然后我笑着说，领导，我是安装专业，土建不是太了解，你可不可以问我安装专业方面的知识啊？

女领导听了，脸上刚才稍许的一点点温情莫名其妙泛起了毛骨悚然的愤怒。

突然，她站起来，什么话也没说，转身离开，贴身男下属也随后离开。

我坐在那里愣了 3 分钟，前台小姐走过来说面试结束了。我心里惊讶道，就这么结束了？

我脑袋里闪现了许多神话故事，夸父追日，女娲补天，后羿射日，牛郎织女，嫦娥奔月，精卫填海，咬舌自尽。

办公室圣经上说，女上司是灾难。毕业几年的央企职场生涯，经历了多任女领导。她们有共同的特点，一天到晚对员工板着一幅怨妇脸，事无巨细，脾气暴躁，形式主义，敏感多疑。只会争权夺势抢舒服岗位，明明自己是女性，还歧视女性，嫌弃生孩子耽误工作，每天都充满了负能量。

这是女领导的通病还是行业通病？

没几天又参加一场雨润地产的面试，面试的领导是个男的。和上次的情形差不多，也是问我许多土建专业的问题，我同样回答不知道。

我说领导，我是安装专业，你可不可以问我安装专业的知识？

领导一听，微微一笑的说，好，你告诉我，通风系统都有哪些部分组成？

我很惊讶他没有离开，于是我打算用 10 分钟诚恳的回答他。

通风系统由风管，风帽，送风口，排风口，排气罩，除尘器，气体净化器等组成……

才刚刚开始，他就突然打断我，好了，够了。转身让秘书安排下一个面试。

我心里惊讶道，就这样结束了？脑袋里闪现了许多格林童话故事，玫瑰公主，十二门徒，聪明的格蕾特，灰姑娘，小母鸡之死。

第二天人力打电话告诉我面试通过了。他告诉我，昨天那个领导是城市公司总经理，复旦的博士，从万达走出来的。

其实，面试和爱情是一样的，爱与不爱，就是一瞬间的感觉。

一个领导，光有胸是没用的，更要有胸襟。

一个领导，没有格局，没有胸襟，再有能力，也领导不出优秀的团队。

一直以来，非土木系的我有个土木系的梦想。一生中，建一座核电站，再建一座摩天大楼，再建一座跨海大桥，再建一条通往远方某个姑娘心里的高速公路。

或许，这样的人生就圆满了。

小时候闻腻了泥土的芬芳，坐在长满了杂草的屋顶上，看着漫漫暗淡的霞光，抹不平的泥泞，跨不过的苍茫，无限伤感，所以，我总是期待着有一天目睹一下城里的大瓦房。

而这一天，我就要盖上一个大瓦房，心中暗自窃喜。

这是公司在湖州开发的城市综合体项目，有住宅，有商业，还有一个超高层的写字楼，投资 50 亿。还有迪士尼，梦工厂等全球著名的动漫企业，共同打造游乐场和主题公园。

刚入职第一天，领导开会，拿地即开工，三个月要开盘。然后对我说，土石方，桩基工程，基坑围护，要招标了。

雨润地产，是雨润集团的产业之一，总部位于南京建邺区的雨润路，是一家集食品，物流，旅游，商业，房地产，金融和建设等七大产业于一体的民营企业集团。公司最出名的是加工低温冷鲜肉。

对，杀猪，就是杀猪，一年能杀 5 千万头猪。几次去南京总部，就会发现以总部方圆十里以内，从未看见过四条腿着地的生灵。牲畜也是灵性的，因为它们知道，只要靠近我们，全部都会灰飞烟灭。

说起火腿肠，每个人都熟悉，要说火腿肠哪家好，肯定会说双汇。其实，还有一个牌子也很好，双汇也曾被这个品牌打压下去，它叫雨润，屠宰行业的黑马，大学里我爱吃的哈尔滨肉联红肠也是雨润旗下的。

董事长叫祝义才，和大多数企业家有着一样的故事，出身贫困，读书不多，相貌平平，吃苦耐劳，拿着几百元20年风雨无阻干到身价几百亿。

祝董事长个子不高，话也不多，眼睛总是充斥着无形的杀气。那次项目奠基结束的时候，与每个人握手，他语气平和地对我们说了句"你好，辛苦了"，令大家股栗震颤心有余悸。

公司的项目不多，每个月团队都要去南京总部四楼做项目汇报，四楼是董事长的会议室。这一层有 5 个会议室，半夜 12 点，这 5 个会议室经常同一时间召开会议，董事长在一个会议室开 10 分钟然后又到下一个办公室开 10 分钟，像歌手赶场子一样。我们想象不到身价几百亿的人的快乐，但一定能想象到他早睡早起是不可能的。

什么是如果？

你核实过没有？

我的会议从来不听如果。

你可以走了，现在去财务领你这个月的工资。

手机信号差是吗？你立刻去买一部手机，明天拿着发票去财务报销。

你，会议结束后去财务领十万块奖金。

我和秘书说一声，以后每星期都给你寄一箱火腿肠。

设计费高是吗？哪的设计院？通知我的秘书，明天谈收购。

监理费用高是吗？嗯，知道了，通知我的秘书，找个资质过硬的监理公司，明天谈收购。

施工费用高是吗？嗯，知道了，通知我的秘书，找个施工能力强的公司，明天谈收购。

董事长开会的时候，他多半是在听。但若他开口，可以按照《企业职工伤亡事故分类》来划分种类。

突如其来的开除，措手不及的降职，猝不及防的降薪，防不胜防的升职，惊慌失措的加薪，手足无措的奖励。

20 年来的创业，可谓饱经风霜，沐雨栉风。成功男人在情感上也是很受伤，对，他总是被骗。

被女人骗？

不。

总被男人骗，一骗动辄就是几个亿。他信任的人不太多，所以在这个公司，经常看到他事必躬亲，凡事不分大小，该管的自然要管，不该他管的事他也管了。用了上千万的年薪请人来管，可他还是要管。

恒大许家印的秘书，请过，绿地的请过，中海的请过，万科的请过，龙湖的请过，万达的请过，碧桂园的也请过。他的理念是，学万达管理商业，学碧桂园管理住宅。所以他最喜欢的高管出自碧桂园和万达，不停地挖，挖，挖，有多少要多少的那种。

我记得年前的那一个月，每天都是电话会议，晚上 8 点开始，一直到半夜 12 点以后结束，连续开一个月。这会议谁能受得了？只有我们诺曼底钢铁之师，梦想在心中不停的扬帆，才能支撑下去。我们不停的吸烟，又相互吸对方二手烟。举目四望，办公室烟雾缭绕，每个人那像极了嵯峨群山中那缥缈孤独的道人。鹤顶龟背，凤目疏眉，神态飘逸。

要是在头顶上挂上几块肉，都能熏熟了吃。

有一天我偷偷的问袁凌总，董事长天天这么开会，身体能扛得住吗？

他看了看表说，董事长人在美国呢，有时差，现在那边应该是早上吧。

《人民的名义》有句话说，中国的企业家，不是已经走进了监狱，就是在通往监狱的路上。

　　突然有那么一天，检察机关对董事长执行监视居住的强制措施，配合政府部门调查。简短的新闻，就这么一句话，旗下两家上市公司立刻停牌，所有工地都停工了。第二天 HR 打电话给我，让我把部门精简成只有我自己。

　　几个月里，裁员减负，债务逾期，银行停止放贷。我像一只欠了高利贷处处被人追的狗，几十个外包合同的进度款，结算款。每天总有一个包工头带着一群农民工在办公室里情绪激动的大吵大闹拉闸断电。

　　那个除夕，我被一群人禁锢在办公室，我说走吧，咱们吃个团圆饭吧。他们看看我说，算了，你走吧，咱们年后见。

　　董事长用了 20 年打造的肉制品行业巨头，年产值几千个亿，去年还在用几百亿去买地，今年几个月的时间就从行业领军者变成了落后者，偌大的集团陷入分崩离析。

　　一切像梦一样。

　　祝董事长至今也杳无音讯。

　　如能一帆风顺，谁愿颠沛流离呢？都说员工与企业的关系是相互依存，公司指望着员工赚钱，员工指望着公司发工资。可总有一天，双方会有一个选择拍拍屁股走人，一点情面也不讲。

　　离开的真正的原因是，公司的充满了负能量，每个人把自己包装成一个受害者，焦虑，悲观，沮丧，怠慢工作，逃避责任，像传染病一样传播着消极情绪。都说积极的人生态度会使人活的久一点。

　　人生有不同的阶段，不同的生涯规划。天下没有不散的宴席，身在职场，离开既是相聚，后会无期既是后会有期。感谢袁凌总几年来在工作上亦师亦友的指导，简单朴素的言语中总是蕴含了精妙的道理。

　　别了，雨润星雨华府，别了，雨润国际广场。

甲方乙方

我站在他身后，用手拍拍他的后背，缓缓地说道，你去医院检查一下肝功能吧，你的肝脏可能有异常，胆汁分泌弱，吃不得油腻。

他听了，想解释，又没来得及解释，接着又"哇"的一声。

乙方的食堂，记忆里那一桶免费汤，永远的几片菜叶，偶尔有些蛋花。我也很奇怪，只有青菜和蛋花这两种食材，做出来的汤永远是呈深黑色的。感觉就是后厨的刷锅水，放不放蛋完全看刷锅人的心情。

对了，米饭里会有钢丝。

食堂的饭每天都上演着光怪陆离，昆虫百科，简直惨绝人寰。

还用茄子假装鸡块。

说出来人可能不信，是"青椒炒青椒"先动手的，我是自卫。

那时候在乙方眼里，甲方不仅薪酬高，工作悠闲，办公环境宽敞明亮。相比之下，那个员工食堂，一盘盘美味佳肴，山珍海味。看了简直让人如饥似渴，垂涎三尺。最后吃完了，石破天惊的还送你一盒酸奶。

除此之外，逢年过节，乙方还要想方设法去纠缠，如何请甲方吃饭，喝茶，泡脚，送卡，等等。

乙方的公共住宿环境，都是砖体结构，砌块和砂浆间黏结力弱，无筋砌体的抗拉抗弯强度低，抗震性能力差。无防水，无保温，房间冬冷夏热，到处爬满了蟑螂，我拿起拖鞋，拍死一只蟑螂，就以为拍死了整个夏天？

错，你的夏天还有老鼠，蚊子，蜈蚣，墙壁上全是鞋印。每天都上演一部部《动物世界》的生离死别。厕所的灯是声控的，三十秒灭一次，一边拉屎一边给自己鼓掌，十分钟下来，屁股上面全是蚊虫叮咬，奇痒无比。我能接受蚊子偶尔咬我一口，但我不能接受蚊子在我身边绕来绕去不停地咬我，感觉它们像在吃廉价的自助餐，不够严肃。

一上厕所，必带一瓶杀虫剂。打开门，里面有什么怪兽不用管，怪兽长得什么样也不用管，先对着里面上下一阵乱喷，人性的自私与残酷暴露无遗。自己拿着毛巾，捂住鼻子蹲了下去。自然界的法则，物竞天择，弱肉强食，胜者为王，看最后谁能活着走出来？

公共环境体现一个公司企业文化和人文情怀。住宿吃饭的地方，它应该是一种情智的聚合，交融鼓励及相互鞭策的地方。

现在很多企业将文化和情怀玩坏了。企业想要员工卖命，总是跟员工空谈情怀，其实，多点关心岂不是更有效果？

京东一直在亏损，一直在烧投资人的钱，刘强东说，如果把快递业务外包，不给京东的快递员上五险一金，京东立刻实现盈利。可刘强东没有那样做，本来简单冰冷的劳资关系，瞬间让人暖上心头。

后来，来到了碧桂园做甲方，食堂总是脏兮兮油叽叽的，喝粥会喝到头发，有时候吃个排骨烧土豆，还会吃到苍蝇，见到这只可爱的小苍蝇，我瞬时明白了为什么碧桂园能成为宇宙第一房企了，抢占三四五线城市及镇区蓝海市场，一阵一图，一地一景，一寸一表战略发展布局。因为，苍蝇也是肉啊，聊胜于无，总比没有强。

我们睡钢结构板房，二层结构，彩色钢板覆面聚苯乙烯泡沫夹芯的复合板。质地轻，台风来了，整幢楼都在抖，下雨天个别房间会漏雨，在二楼行走感觉整幢楼都在震。室内简陋，床板单薄，翻身的时候，床板总是吱吱地响。

　　我睡觉浅，睡不着就爱翻身，翻身的时候床总是吱吱地响，一听到吱吱响，就睡不着，睡不着又翻身，一翻身床又吱吱地响，一听到吱吱响，又睡不着，睡不着又翻身，翻身床又吱吱地响，一听到吱吱响，又睡不着，睡不着又翻身……

　　不知道是因为吱吱响而睡不着，还是睡不着而吱吱响。完全陷入了先有鸡还是先有蛋的困境。

　　人呢，一失眠就容易怀疑世界，你躺在风雨中颤抖的房子，屋顶漏着雨，雨滴优雅地落在地上。滴答，滴答，那湿漉漉的声音，会让你觉得整个世界都是湿漉漉的，整个世界都是喧闹的，觉得全世界也都失眠了。

　　佛教里面有一句话，一花一世界，一鸟一天堂。差不多这个意思吧。

　　想着想着，突然有了一种东西，这种东西叫灵感，它总会在我不经意间来到我身边，于是我将灵感具体化，起身开灯，启动电脑，新建文件夹。

　　我一点点地写着，文件夹的名字叫《你好，薛定谔的猫》。

开不了口

　　周杰伦的《开不了口》，徐若瑄填词，收录在周杰伦2001年发行的第二本专辑《范特西》中。十几年吧，至少七八场演唱会，周杰伦都是以这首歌为闭幕歌曲。就像春晚总是《难忘今宵》结束一样。

　　我不知道这首歌在周杰伦的心里有着什么样的故事，表达了什么样的感情。这么多年来，夜深人静，窗外寂静的小巷，淅淅沥沥地下着朦胧细雨，一层层水雾缭绕的空气中，我望着窗外的霓虹灯，听着这首歌曲。

　　听着听着，这首歌就让我淡漠了繁华人流及车辆混杂声，仿佛这个世界一切都已沉睡，那些不成熟的困惑，浮躁的心情都归于平静。

告别一段又一段路途，走入一处又一处风景，回首时才发现，我们苦苦追求的，想要的，其实并不那么重要了。

人生遇到的人，出场顺序，很重要，如果换个时间认识，也许就有不同的结局。那些失眠的夜，筋疲力尽依然无法入睡，欲睡未睡是一种被安抚的孤独，寂寞和欲望。而夜的黑，唤醒了又湮没那些说不出口的话。

人别离，人远去，只留几行浅薄的文字诉说几许情殇。即使在现在，有些话，也依旧开不了口。

后记

　　这些杂文大多篇都是学生时代写的，自己想表达些什么，其实自己也不太清楚，一点点的小事，都用情绪渲染的惊天动地。希望有一天，自己对生活麻木无感的时候，回过头看看记录的曾经青葱岁月，言语中淡淡的青涩，笑笑自己当初怎么那么幼稚。

　　十年，真的很快。